新潮文庫

東京番外地

森　達也著

新潮社版

8746

東京番外地　目次

第一弾　要塞へと変貌する「終末の小部屋」——葛飾区小菅一丁目　9
第二弾　「眠らない街」は時代の波にたゆたう——新宿区歌舞伎町一丁目　31
第三弾　異国で繰り返される「静謐な祈り」——渋谷区大山町一番地　51
第四弾　「縁のない骸」が永劫の記憶を発する——台東区浅草二丁目　71
第五弾　彼らとを隔てる「存在しない一線」——世田谷区上北沢二丁目　91
第六弾　「微笑む家族」が暮らす一一五万㎡の森——千代田区千代田一番地　109
第七弾　隣人の劣情をも断じる「大真面目な舞台」——千代田区霞が関一丁目　123
第八弾　「荒くれたち」は明日も路上でまどろむ——台東区清川二丁目　143

第九弾　「世界一の鉄塔」が威容の元に放つもの――港区芝公園四丁目　161
第十弾　十万人の呻きは「六十一年目」に何を伝えた――墨田区横網二丁目　179
第十一弾　桜花舞い「生けるもの」の宴は続く――台東区上野公園九番地　197
第十二弾　高層ビルに取り囲まれる「広大な市場」――港区港南二丁目　215
第十三弾　「異邦人たち」は集い関わり散ってゆく――港区港南五丁目　233
第十四弾　私たちは生きていく、「夥しい死」の先を――府中市多磨町四丁目　255
番外編　日常から遊離した「夢と理想の国」――千葉県浦安市舞浜一丁目　277
解説　重松清

写真／森達也

51 91 123 143 161 179 197 215 233 255

坪田充晃（新潮社写真部）

9 31 71

宮川直実（新潮社文庫編集部）

109

東京番外地

第一弾　要塞《ようさい》へと変貌《へんぼう》する「終末の小部屋」

葛飾区小菅一丁目

電車は東武伊勢崎線の五反野駅《ごたんの》を過ぎた。昼下がりの車内はがらがらに空いていたけれど、何となく腰を下ろす気になれず扉の脇《わき》に立った僕は、加速しながら遠ざかる街の景色を、しばらくぼんやりと眺めていた。ふと視線を上げれば、ガラス越しに区切られた空の色は、今にも雨が降り出しそうにどんよりと黒い。

昭和二十四（一九四九）年七月六日、当時の国鉄総裁だった下山定則《しもやまさだのり》が常磐線の線路上で轢死体《れきしたい》となって発見された。他殺として警視庁はすぐに捜査本部を設けたが、轢死体が発見される数時間前に、この五反野駅周辺を徘徊《はいかい》する下山総裁を目撃した人が多数いることが明らかになった。結局はこれらの証言が大きな根拠になって自殺説が浮上し、他殺か自殺かをめぐって世相は沸騰《ふっとう》して、今もその決着はついていない。つまり、昭和史最大の謎《なぞ》と呼称される下山事件は、まさしくこの地から始まった。

テレビのディレクターをやっていた十数年前、「自分の祖父は下山事件の実行犯だった可能性がある」と語るひとりの男に出会ってから、僕は何度もこの地に足を運んだ。それまでは名称すら知らなかった東武伊勢崎線は、いつのまにか僕にとって、とても身近な路線になっていた。その取材の成果をまとめた『下山事件《シモヤマ・ケース》』を平成十六（二〇〇四）年二月に発表して以降、この路線には乗っていない。久しぶりの東武伊勢崎線だけど、でも今日の目的地である東京拘置所への最寄り駅は、さんざん乗り降りした五反野ではなく、その隣の小菅《こすげ》駅だ。

電車を降りる。五分遅刻だ。改札はひとつ。この連載の担当編集者である土屋眞哉が、改札口の脇に立っていた。拘置所に足を運ぶときに僕は、いつもなら常磐線の綾《あや》瀬《せ》駅を利用する。だから小菅駅から拘置所までの道筋はわからない。土屋が先を歩く。「新潮45」の編集者だった数年前、彼もこの地に何度も足を運んでいるという。

「森達也を筆下ろしした男です」

編集者が何人か集った酒の席で、土屋は隣に座る僕に視線を送りながら、自らをそう形容したことがある。「筆下ろし」を広辞苑で引けば、①は新しい筆を初めて用いること。②は初めて物事を行うこと。そして③は男子が童貞を破ること。①と③はともかく、②の意味ではその通りだ。

平成十一（一九九九）年五月、フジテレビ系列でドキュメンタリー『放送禁止歌』がオンエアされて数日後、新潮社の月刊誌「新潮45」からディレクターへの取材申し込みがあったと、フジテレビの広報から連絡があった。

オンエア後のテレビ番組に取材依頼がくることなど、不祥事があった場合を別にすればかなり異例だ。なぜならテレビは、出版や映画と違い一過性だ。放送が終わると同時にすべてが終わる。その放送のタイミングを逃せば、再び視聴する機会は原則的にはない。仮に「新潮45」のその記事を読んで番組に興味を持った人がいたとしても、その番組を視聴することはまず不可能だ。だからテレビ番組への取材は、オンエア前に活字になることが普通なのだ。この時点でテレビ業界に十数年棲息《せいそく》していた僕にとっても、オンエア後の取材を受けることは初めての体験だった。依頼があったことを伝えるフジテレビ広報担当の口調にも、若干の戸惑いが滲《にじ》んでいた。

当時の「新潮45」の編集長だった早川清が、たまたまオンエアで『放送禁止歌』を見て、このドキュメンタリーを作った男にインタビューするように土屋に命じたということは、あとで聞いた。

約束の当日、フジテレビの会議室で土屋に初めて会った。最初の彼の印象は、全身黒ずくめの背広と低い声の印象が相まって、「何だかやさぐれた凄《すご》みのある男だなあ」という感じだった。堅気とはとても思えなかった。まあ編集者という職種が、堅気かどうかは微妙なところだけど。

小さなテープレコーダーを置いたテーブルを挟んで座り、インタビューは始まった。質問事項はもう覚えていない。企画のきっかけは？　とか放送後の反響は？　とか、そんな当たり障《さわ》りのない内容だったはずだ。十五分くらいが過ぎた頃、土屋は不意にメモを閉じて顔を上げた。

「……森さん、書きませんか」

「はい？」

「あなたね、自分で書いたほうがいいと思う」

こうしてその翌月の「新潮45」に、『放送禁止歌』を企画した動機や撮影の経緯などを書いた僕の文章が掲載された。僕にとっては、初めての商業誌デビュー（正確には、『放送禁止歌』の前のテレビ作品『職業欄はエスパー』を放送する前に、太田出版の「クイック・ジャパン」で、エスパーたちと自分との交流をテーマにした短い原稿を書いてはいるが）。その意味では確かに、土屋は僕の筆下ろしをした男ということになる。

土屋がなぜ、インタビューを途中で打ち切ってまで僕に書かせようとしたのか、その理由はいまだによくわからない。時おり思いだして訊《たず》ねてみるのだが、直感ですよとニヤニヤするだけだ。

「森さんの話を聞きながら、この人は書けると閃《ひらめ》いたんです」

よく言うよ。そんな言葉にぽっと頬を赤らめるほどに僕はウブじゃない。おそらくインタビューの途中で、これから社に戻ってこのテープを文字に起こして原稿にまとめながら、そのあいだにあの取材の準備もしなくちゃならないしカメラマンの手配はどうしたっけ……などと考えているうちに面倒になってきて、そうだ、こいつが自分で原稿を書けば俺の手間がだいぶ減ると閃いたのだろう。

余談だけど土屋とのこの一件の直後、同じ「新潮45」の編集者である中瀬ゆかりからも原稿の依頼が来た。こちらは僕の自主制作ドキュメンタリー映画「A」についての原稿依頼だった。二つの原稿の掲載は、同じ号が予定されていた。次のテレビ・ドキュメンタリーの撮影準備を進めながら、二つの原稿をある程度書き終えて締め切り間近になったころに、ふと不安になった。念のため中瀬ゆかりに、「次の号には僕の原稿が二つ掲載されるけれど、それは認識していますよね」と訊ねれば、中瀬は受話器の向こうで「ええ！」と悲鳴のような声をあげた。

要するに編集部内では、テレビ・ドキュメンタリー『放送禁止歌』のディレクターである森達也と、自主制作ドキュメンタリー映画『A』の監督である森達也が、同一人物だとは誰も気づいていなかったらしい。結局『A』の原稿は翌月に回された。もしも中瀬に確認しなかったら、同じ雑誌の同じ号に同じ筆者によるテーマの異なる二つの原稿が掲載されるという事態になっていた。デビューとしてはかなり鮮烈だ。今さらだけど確認しなければ良かった。

前置きが長くなった。土屋とはそれからの付き合いだ。東京近郊のスポットを無目的に歩きながら、思いだしたり触発されたこと、あるいは場の記憶に感応したことなどを随筆風に綴《つづ》るという書籍の企画を聞かされたのは、もう一年以上も前だ。

「面白そうだし書きたいけれど、書下ろしは辛《つら》いよ」

この企画について土屋に聞かされるたびに、僕はそんなことを言っていた。偉そうに。何様のつもりだろう。でもこの企画は、連載というリズムを外在的に与えられたほうが形になりやすいとの判断があった。それから二ヵ月が過ぎた二〇〇五年四月、土屋から「『波』の連載が決まりました」と連絡があった。提案されたタイトルは「東京番外地」。悪くない。いや、かなりいい。土屋には言ってないけれど、実のところこのタイトルはけっこう気に入った。

初回の番外地はどこにするか。候補地は幾つもあったが、最終的に東京拘置所に決めたのは、取材の数日前だった。

拘置所に通いだしたのは二〇〇三年からだ。ジャーナリストの武田頼政から、「オウム事件の岡崎（現在は宮前）一明が会いたがっている」との連絡を受けたことがきっかけだった。少し面くらった。だってそれまで岡崎とは面識などない。しかし武田によれば、拘置所でオウム関連の書籍をいろいろ読んだ岡崎は、「オウムに対する現状の認識、そしてあれほどに凶悪な事件を起こしたその背景については、森の視点がいちばん正しい」と日頃から口にしているという。そう言われて悪い気はしない。ならば一度会ってみようと考えた。

武田の面会に同行して初めて岡崎に会ってから平均すれば、月に一度は拘置所に通っている。だから拘置所は僕にとっては馴染《なじ》みの場所でもある。馴染みではあるけれど馴れない。あるいは馴れたとしても馴染めない。訪ねるたびに、この社会からは暗黙の了解として不可視の領域に置かれたものを、わざわざ覗《のぞ》き込んでいるような感覚に捉《とら》われて落ちつかない。たぶんこの先も（自分自身がこの施設に拘束されないかぎり）、決して馴れたり馴染めたりできるような場所じゃないのだろう。この感覚は僕だけではなく、きっと、一般の人にとっても共通するはずだ。だからこそここは番外地。連載の初回としてはふさわしい。

土屋は無言で前を歩いている。雨の滴《しずく》が顔にかかったような気がして、思わず僕は目を細めながら暗い空を見上げていた。拘置所を訪ねるときは、不思議なくらいにいつもこんな天気だ。からりと晴れたことがない。

小菅駅から徒歩で十分ほど。現在の東京拘置所は、建替え工事の最中のため、入り口は仮設の玄関となる。中に入ればすぐに、面会を待つ人たちのロビーがあって、その右手に面会受付窓口がある。

受付用紙に誰の名前を書くか、僕は数秒だけ考えた。ずっと面会を重ねてきた岡崎一明は、平成十七（二〇〇五）年四月七日に上告審で死刑が確定した。つまりもう二度と面会することはできない。テレビ番組なら再放送があるけれど、裁判の場合は難しい。しかも死刑が確定した裁判の再審は、一九八〇年代に立て続けに四件が認められて以降は、一件も認められていない。なぜなら再審の結果、この四件はすべて、冤《えん》罪《ざい》であることが判明したからだ。これ以降、裁判所は懲《こ》りたように、死刑が確定した裁判の再審を認めていない。つまり組織防衛を生命より優先した。ひどい話だ。ＳＦでもないし寓話《ぐうわ》でもない。まさしく今のこの国における現実だ。

この一年ほどで、僕の面会依頼に応じてくれた元オウム信者は、岡崎以外に三人いる。早川紀代秀と林泰男、そして広瀬健一だ。

しかし今日は、誰ともアポをとっていない。面会は一日に一組だけに限定される。つまり彼らがもし、午前中にすでに誰かに会っていたら（あるいは誰かのアポが午後に取り付けられていたら）、もう会うことはできない。

少しだけ考えてから、僕は用紙に、広瀬健一の名前を書いた。つい数日前、彼から長い手紙をもらったばかりだったからだ。

早大理工学部をトップの成績で卒業して、大学院で超電導を学んだ広瀬は、大手電機メーカー研究所への就職内定を断って出家してからは、教団の理系エリートとして一連の武装化やボツリヌス菌の培養などに関与した。さらに平成七年三月の地下鉄サリン事件では、広瀬は乗りこんだ地下鉄丸ノ内線の車両でサリンを散布して、乗客の一人が死亡した。

平成十二年七月、一審の判決は求刑どおりの死刑が下された。このとき広瀬本人は、犯した罪の大きさは死をもっても償えないと控訴《こうそ》には消極的だったが、控訴審で事件の解明に協力することも償いだと弁護団に説得され、控訴に応じたと報じられた。ちなみに早川と林も、同じ日にやはり死刑判決を受けている。

平成十六年七月二十八日、一審判決を支持した東京高裁によって、広瀬の控訴は棄却された。この日は他にも、地下鉄日比谷線でサリンを散布した豊田亨、および散布役を車で送迎した杉本繁郎の控訴審判決も下されて、豊田は広瀬と同じく控訴棄却、つまり死刑となり、一審判決どおりに無期懲役となった杉本は、「地下鉄サリン事件の実行役になるか運転手役になるかなどは、麻原の一言で決まっただけ。私も実行役に選ばれたなら、豊田さん、広瀬さんと同じように最後まで実行していたと思います。たまたま麻原が誰を指名したかによって、死刑が求刑されたり、無期懲役が求刑されたりするのでは、いたたまれない気持ちです。本当に何と申し上げればよいやら言葉がみつかりません」と法廷で泣き崩れた。

どうやらこの日、広瀬に他の面会予定者はいなかったようだ。番号が記された面会整理票をポケットに入れようとする僕のすぐ横で、「今は面会禁止です」と職員の声がした。受付用紙を提出した中年女性が、茫然《ぼうぜん》とした表情で立ち尽くしている。どうやら勾留《こうりゆう》中の夫に会いに来たようだ。

「……でもそんなこと、弁護士さんからも聞いていないんです」

「こちらとしても、そう言われましても……」

「だって、このために昨日、子供も預けて島根から出てきたんですよ」

「仕方がないですね。どうしようもないんです」

職員の事務的な対応に、彼女は何とかならないの？　とでも言いたげに唇を噛《か》み締めながら周囲を見渡す。視線が一瞬だけ合った。疲れきった表情だった。夫はどんな男なのだろう？　何を仕出かして、ここに勾留されているのだろう？　彼女にとっては、どんな夫だったのだろう？　そんな疑問が次々と頭に浮かんだが、もちろん彼女に対してそんな質問はできない。彼女のために僕ができることなど何もない。人はここに来て、番号札をもらって面会して、雑誌や新しい下着やお菓子などの差し入れをして、洗濯物を宅下げして帰るだけだ。葛飾《かつしか》区小菅一－三五－一。ここはそんな場所なのだ。

扉の脇《わき》に置かれた灰皿の周囲では、一目でその筋の人たちとわかる男たちが、順番を待ちながら物憂《ものう》げにタバコを吸っている。その隣では、アラブ系の若い女性が乳飲み子を抱えながら、じっと宙の一点を見つめている。地味な背広姿で重そうな手提げバッグを抱えているのは、弁護士などの法曹関係者だ。どちらにせよ、堅気はやはり少ない。正体のよくわからない人たちも多い。

江戸時代初期のこの地には、関東郡代伊奈半十郎忠治の下屋敷があり、その後は歴代将軍の鷹狩《たかがり》や鹿狩《しかがり》の際の御膳《ごぜん》所や御小休所が置かれていた。「小菅監獄」と名づけられた獄舎が建設されたのは明治十一（一八七八）年。第二次世界大戦終了後に、未決囚専門の拘置所が刑務所に併設され、巣鴨プリズンと呼ばれた時期もあったが、昭和四十六（一九七一）年に東京で唯一《ゆいいつ》の拘置所「東京拘置所」となった。

拘置所に収監されている人たちのほとんどは未決囚。つまり裁判の被告人だ。裁判が結審して刑が決まれば、彼らは刑務所に移送されて刑に服す。だから法を犯した可能性があると思われる人のほとんどは、まずは拘置所生活を体験する。田中角栄や鈴木宗男、外務省のラスプーチンこと佐藤優やライブドアの堀江貴文もここにいた。

堀江のように数ヵ月の勾留で保釈が認められて娑婆《しゃば》に出てくる人もいるが、生きているあいだはここから出られず、死んで遺体となったときに初めて、外気に触れる人もいる。つまり死刑囚だ。死刑囚の刑は死刑となることだ。だから彼らは、刑が執行されるその日までは未決囚の扱いで、刑務所ではなく拘置所に勾留される。死刑という生命刑に懲役という自由刑が加わるので、確定死刑囚を刑務所に入れることはできない。つまり彼らはシュレディンガーの猫。生きているか死んでいるかに意味はない。麻原彰晃もここにいる。連合赤軍の永田洋子《ひろこ》や連続企業爆破事件の大道寺将司もここにいる。絞首台に吊《つ》るされたとき、初めて彼らは既決囚となる。

月に数回、僕がここで面会する四人も、全員が死刑囚だ。最高裁で刑が確定した岡崎には、もう二度と面会はできない。互いに手紙も書けない。その理由は、死刑囚の心の平安を乱さないためと公式には表明されている。

書きながらバカバカしくなる。死刑囚の心の平安を乱さないために、誰にも会わせないし、音信も途絶えさせる。本気なのかと確認したくなる。法はそもそも硬直性が高いけれど、これほどに稚拙な例は、他にちょっと思いつかない。

ふと気がつくと、面会整理票に記された僕の番号が、ロビーの壁に設置された電光掲示板に点滅している。あわててバッグを土屋に預けてから、受付の右手奥にある検査室へと急ぎ、男性と女性、二人の職員に見守られながら金属探知機をくぐる。

検査室から続く無機的な回廊を二分ほど歩き、エレベーターで指定されたフロアへと上がる。オウムの未決囚たちの多くは、この塔の六階に収監されている。エレベーターを降りれば、目の前には長椅子《ながいす》が置かれていて、壁には大きな窓がある。首都高が意外に近い。その向こうには数々のビルが立ち並び、人々がそれぞれの生活にいそしんでいる。

でも窓に顔を近づけて視線を下に転じれば、そこには何もない。荒漠とした更地のままだ。貯水槽なのか、大きなプールほどの深い穴が地面に穿《うが》たれているが、僕がここに通いだした二年前から、この景観はほとんど変わっていない。プレハブの作業小屋が穴の脇に建てられているが、鉄骨を担《かつ》いだり土砂を運んだりする作業員の姿など見た記憶もないし、その脇に置かれたブルドーザーやパワーショベルが、動いているのを見たこともない。

平成九年に始まった東京拘置所の建替え工事は、平成十五年四月に中央管理棟と南収容棟が完成した。地上は十二階建てで地下は二階。敷地面積は二十一万平方メートル。最新のセキュリティが施されていて、現在は拘置所を包囲している高い塀は、完成の際にはすべて撤廃されることになっている。建替えのための総予算は三百六十億円。国内だけでなく、世界でも最大規模の拘置所だ。

法務省大臣官房施設課が発行しているパンフレットによれば、僕が今見下ろしているこの更地には、池や運動広場などが作られる予定になっている。でも工事は進んでいない。いつ来てもまるで、閉園して数ヵ月が過ぎた遊園地のように、ひっそりと人《ひと》気《け》がない。

北収容棟の完成予定は平成十八年の後半ということらしいが、この調子で、果たして完成するのだろうか。そもそもは平成十六年に完成予定のはずだったから、現在のこの時点で、すでに二年遅れている。まあ余計なお世話だけど。

番号を呼ばれ、三畳間ほどの面会室の扉を開ける。パイプ椅子に腰を下ろすとほぼ同時に、部屋の中央を区切るアクリル板の反対側に、刑務官に付き添われた広瀬健一が現れた。

……書けるのはここまで。面会室の中で話した内容は、拘置所の規定により、外部には発表してはいけないことになっている。だからマスコミ関係者は、必ず会う前に誓約書を書かされる。

時代に追いついていないことは明らかだ。マスコミ関係者でなくとも、ネットを使えば誰もが、幾らでも書きたいことを書きこんで、誰もがこれを目にすることが可能な時代だ。でもとにかく現状では、マスコミ関係者は面会の内容を書けないし、口にすることもできない。だから僕も、広瀬と何を話し、何を訊《たず》ね、そして彼が何と答えたかは、ここには書けない。納得などできないけれど、出入り禁止にされることだけは回避したいので仕方がない。でもこれだけは書いておきたい。素顔の広瀬健一は、とても聡明《そうめい》で心優しい男だ。争いの絶えないこの世界をどうしたら変えられるのか、どうしたら人々が幸せに暮らせる世界を実現できるかを彼は考え続け、そしてオウムに入信して地下鉄にサリンを撒《ま》いた。結果としてその決断は明らかな過《あやま》ちだった。彼の行為はもちろん重大な犯罪だ。でもその行為に至る意識には、人の命を奪いたいとか苦しみを与えたいとかの悪意は一片も介在していない。良かれと思う善意なのだ。だから彼を免罪すべきと単純に主張するつもりはない。彼自身は、たとえ動機はどうであれ、結果として人を殺《あや》め、多くの人を苦しみに追い込んだ自分の罪は、自らの死をもっても償えないと考えている。だからこそ僕は後ろめたい。彼を絞首台に送ることを当たり前だとするこの社会の一員であることが。広瀬だけではない。早川も林も、それぞれ優しく善意溢《あふ》れる男たちだ。

人は人を裁くとき、自分たちが帰属する共同体の規範と法という名の正義を規準に、その罪の重さを決めて刑を執行する。でも人を殺すのは悪意だけじゃない。むしろ善意や正義のほうが、後ろめたさを伴わないぶん大量に人を殺す。虐殺《ぎゃくさつ》や戦争はそんなメカニズムで発動する。彼らは特別な男たちじゃない。僕自身であり、僕の父であり、僕の息子かもしれない。だからこそ戦争はこの世界から絶えない。だから僕は逡巡《しゅんじゅん》する。面会しながら口ごもる。自分は彼に何を聞きたいのか、何を言ってほしいのか、自分でわからなくなるからだ。

話し始めて十分が過ぎる頃、傍らで会話の内容を筆記していた刑務官が、「じゃあここまで」と突然立ち上がった。呆気《あっけ》にとられた僕は、思わず「まだ十分しか経《た》っていないじゃないですか」と抗議した。

「何言ってんだよ、あんた、規定の時間は十分までなんだよ」

「そんなことはないです。僕はこれまで何度も面会しています」

「これまでは、少し長くなるって事前に連絡があったんだよ、今日はなかったじゃないか。だからしょうがないだろ。とにかく規定は十分だよ」

規定が十分などありえない。監獄法施行規則には、「接見の時間は三十分以内」と明記されている。しかし面会者が多くたて込んでいるなどの口実で、ほとんどの場合は立会いの刑務官は早めに切りあげようとする。それは知ってはいたが、たった十分で打ち切られた経験はこれまでない。何よりも、事前に連絡がないから打ち切るなど、あまりに官僚的すぎる。

広瀬はアクリル板越しに、じっと無言で僕を見つめている。ここで僕がもし刑務官と争ったら、あとでそのしわ寄せを受けるのは彼なのだ。仕方がない。わかりましたと頷《うなず》いてから、僕はアクリル板越しに別れを告げた。

「来てくださってありがとうございます」

そうつぶやいてから立ち上がった広瀬は、もう一度深々と頭を下げた。

下りのエレベーターに乗りこもうとしたとき、やはり面会を終えたらしい三人の男たちが、小走りに近づいてきた。見るからにその筋の人たちだ。僕は扉の横の「開」

のスイッチを押しながら彼らを待った。時間にすれば数秒だ。歌舞伎《かぶき》町で擦れ違いざまにもし肩でもぶつかったなら、「てめえ、何のつもりだ」と因縁をつけてきてもおかしくないほどに凶暴そうな雰囲気の三人組は、スイッチを押していた僕にぺこりと頭を下げて、ボス格らしい一人は、「申し訳ありません」と小声でつぶやいた。

　土屋は待合ロビーでぼんやりとテレビを眺めていた。促して外に出る。空はどんよりと鉛の色だけど、どうやら何とか持ちこたえているようだ。門の外の差し入れ屋でチョコレートを買った。勘定を払いながら、規定の用紙に早川紀代秀の名前を記入する。おそらく数日後には、丁寧な礼状が自宅に届くだろう。筆まめな彼は、いつも便《びん》箋《せん》に、好物のチョコレートなどの緻密《ちみつ》なイラストを描き添える。

　振り返って仰ぎ見れば、あらためて巨大な建造物だ。窓はほとんどない。だからこちら側は収容棟なのだろう。新しい設計は、すべての居室の外側に巡視路を設け、窓には擦りガラスが嵌《は》め込まれる。つまり未決在監者は、外の世界を見ることはできない。「新潮45」の編集者時代、建替え前の拘置所に何度も足を運んだことがある土屋によれば、その頃の拘置所では、懲罰房などを除いて各部屋の窓から、外の世界は見えたはずだという。

　窓をすべて擦りガラスにしたその理由は、周辺住民たちの抗議がきっかけのようだ。

おそらくは高層化したことで、「このままでは罪人たちに見下ろされるし、生活を覗《のぞ》かれていると思うと落ち着かない」などの意見が出たのだろう。この場合の選択肢は二つ。高層化の計画をあきらめるか、窓を塞《ふさ》ぐかだ。法務省は後者を選択した。未決在監者の拘禁反応を徒《いたずら》に強めるだけだと弁護士会は反発したが、基本設計はついに変わらなかった。

右の文中に、「未決在監者」と僕は書いた。実は書きながら、どうもこの呼称がしっくりこない。様々な資料には、この呼称以外に、「被収容者」とか「被拘禁者」などと記載されている。彼らが裁判のために法廷に行けば、「被告人」という便利な肩書きがつく。でもこの場所では、「被告人」はやはり馴染《なじ》まない。

名称がいまだに定まらないその最も大きな理由は、おそらく僕らが、この施設から何となく目をそむけているからだ。明確な忌避の意識はない。でも直視しない。無自覚に不可視の領域に置いている。だから死刑囚が、刑務所ではなく拘置所に収容されていることすら、僕らの大多数は知らずにいる。死刑執行のための刑場が、この拘置所の地下に設置されていることも知らない。最新式の空調システムやセキュリティが完備された窓のない密閉空間で、彼ら死刑囚は残された時間を過ごし、法務大臣が決裁の判子を押したとき、その生涯を終える。その瞬間も僕らは知らない。

土屋が先に立って歩き出した。口数が少ない。僕も少ない。夕暮れが近づいている。駅前の居酒屋でビールをひっかけようかと言いかけて、土屋がこのあいだから断酒していると言っていたことを思いだした。

第二弾　「眠らない街」は時代の波にたゆたう

新宿区歌舞伎町一丁目

チケットを買って扉を開ければ、まさしく場内はクライマックス、ご開帳の瞬間だった。

客席の中央を区分するように突き出したセリの上、寝そべりながら音楽に合わせて妖《あや》しく手足をくねらせていた全裸の踊り子が、仰向けの姿勢のままゆっくりと、腹部を浮かし始めた。要するにブリッジの体勢だ。それも半端なブリッジじゃない。アマレスのオリンピック選手のように、宙に見事な弧を描いている。

最前列のかぶりつきに座った男たちは手拍子を打ちながら、大きく開かれた彼女の両脚のあいだを、これ以上ないほどに真剣な表情で覗《のぞ》きこんでいる。ブリッジの体勢のままの彼女が両脚をくねらせるたびに、男たちの後頭部も動く。右から左。左から右。その動作は、まるでマスゲームのように一様だ。

薄闇《うすやみ》に少しずつ目が馴《な》れてきた。客席の数は五十ほど。まだ時間が早いせいか、最前列の椅子《いす》のうち幾つかは空いているけれど、そこに座るためには、この自発的なマスゲームに没頭している何人かの男たちの目の前を、強引に横切らねばならない。さすがにそれは気が引けた。

ステージでは、ようやくブリッジを終えた踊り子が、汗ばみながら上気した表情で息を整えている。席に座るチャンスだと思いかけたとき、踊り子はゆっくりと立ち上がり、ステージの袖《そで》に置いてあったプラスティックの籠《かご》から、ポラロイドカメラをとりだした。

「ポラショーですね」

隣に立っていた土屋が重々しく言う。声が極端に低いので、この男は何を言っても重々しくなる。「日本の新左翼の失敗は連赤以前から始まっていました」とか「ハイゼンベルクの不確定性原理を過剰に演繹《えんえき》することは思想のエアポケットに回収されてしまう危険性と同義です」とか何とか、その声と語調に似合うのはそんな台詞《せりふ》だけど、でも土屋が今、僕に囁《ささや》いた言葉は、「ポラショーですね」だ。

「ポラショーって何?」

「ポラロイドで撮らせるショーです」

そのままじゃんと思いながら、僕はステージに視線を戻す。数人の男たちが五百円硬貨と引き換えに、手渡されたポラロイドカメラで、ニコニコとポーズをとる踊り子を撮っている。全裸であることを別にすれば、まるでアイドルタレントの撮影会のように普通のポーズだ。カメラを構える男たちも、ニコニコと相好を崩しながら嬉《うれ》しそうだ。土屋がまた耳元で囁いた。

「俺ね、学生の頃、渋谷の劇場で照明のバイトをやっていたことがあるんですよ。だからまあ、この世界については多少わかります」

土屋の説明によれば、標準的なストリップ小屋の踊り子入れ替えの期間は十日間。日本全国津々浦々まで、このサイクルはどこも変わらない。所属する事務所からスケジュールを宛《あて》がわれた踊り子たちは、旅行バッグひとつで日本中を渡り歩く。売れっ子はホテル住まいだが、経費節減のために楽屋に寝泊まりする踊り子も多いという。

ポラショーが終わり、満面の笑みを浮かべながら踊り子が袖に姿を消した。場内の明かりが一瞬だけ明るくなり、僕と土屋は、かぶりつきから二列目の席に並んで腰を下ろす。同時に照明が再び落ち、マリー・アントワネットのような豪華な衣装に身を包んだ女の子が現れた。肉付きがとてもよくて、十代後半のように愛くるしい表情だ。一曲めは着衣のまま踊り、二曲めで少しずつ服を脱ぎ、そして三曲めは、ほとんど素裸で踊る。

客席に座る男たちの年齢層は様々だ。「もっと遅くなれば酔っ払いが多くなります」と土屋が言う。舞台上手《かみて》のかぶりつきでは、大学を退官したばかりの教授といった雰囲気の初老の男性が、隣の土建屋の社長といった雰囲気の中年男と並んで、すぐ目の前で脚を広げる踊り子の股間《こかん》を食い入るように見つめている。

「……どうしてみんな見たいのかな」

土屋の耳もとに囁く。僕の問いの意味がわからなかったのか、土屋はぼんやりとした表情で、僕を見つめ返す。

「理由ですか」

「だってさ、見たってみんな同じようなものなのに」

「森さんは見たくないの」

「見たい。だから自分でも不思議だ。どうして見たいのだろう」

一度も見たことがないのなら、見てみたいとのその妄執《もうしゅう》は理解できる。でも最前列の大学教授や土建屋の社長が、これまでの人生で女性器を凝視したことがないとは思えない。おそらく何度も目に焼き付けているはずなのに、なぜこれほどに、強く、一途《いちず》に、僕らは女性器を見たいと思うのだろう。

踊り子たちは皆、男たちの視線に股間をさらしながら、ニコニコと微笑《ほほえ》んでいる。

媚《こび》や職務上の笑顔というよりも、まるで幼子を見る母親のような表情だ。見たくて見たくてたまらない男たちを、しょうがないわねと言いたげに、ゆったりと包み込んでいるようだ。

二人めの踊り子が袖に引っ込んだタイミングで、僕は土屋に「出ようか」と声をかけていた。予想以上に時間がかかる。一人当たり約十五分。女の子は全員で八人。全部を見たら二時間はかかる。土屋がいなければ最後までいたかもしれない。でも今日は取材なのだ。

扉を開けた僕たちに、もぎりの男性は途中退場のシステムがあることを教えてくれた。また来ますか？　と半券を手にした土屋に訊《たず》ねられ、うんたぶん、と僕は答えていた。ビルの階段を下りれば夕暮れだ。スイッチが入ったばかりの赤やピンクのネオンサインが、少しだけ蒼《あお》みを帯び始めた大気のそこかしこに、周縁を滲《にじ》ませながら点滅を始めている。

新宿歌舞伎《かぶき》町。繁華街の代名詞のようなこの名称だけど、その歴史は実のところ比較的新しい。第二次世界大戦後、東京大空襲で焼け野原となったこの地域の復興事業は、歌舞伎の演舞場を中心にした娯楽と芸能の商業地域として構想された。これが歌舞伎町の名前の由来となった。その前は角筈《つのはず》などと呼ばれていた。しかし結局は財政難などの理由からこの構想は実現せず、新宿コマ劇場だけが建設され、その後の歌舞伎町は巨大な歓楽街として発達し、今では「不夜城」とか「アジア最大の新租界」などと呼称されている。

東京では平成十七（二〇〇五）年四月から都条例が改正され、繁華街における呼び込みなどが禁止された。標的は歌舞伎町だ。監視カメラ（行政は監視という言葉を使わずに防犯という）は街の至るところに設置され、裏DVD屋は次々と閉店に追い込まれ、警察官の姿が増え、猥雑《わいざつ》で下品で魑魅魍魎《ちみもうりょう》たちが蠢《うごめ》いていた歌舞伎町は、徐々に姿を変えつつある。

阪神淡路大震災と地下鉄サリン事件を契機にして日本社会に芽吹いた危機管理意識は、その後もずっと、この社会を内側から揺さぶり続け、少しずつ変えていった。見知らぬ他者への不安と恐怖は社会に拡散しながら飽和し、その帰結として犯罪を取り締まる多くの法律が改正され、厳罰化が進み、様々な形で警備は強化され、危機管理評論家なる肩書きがもてはやされ、警備会社や防犯グッズの会社は、我が世の春を迎えている。

もちろん危険な環境よりは安全なほうがよい。危機管理も大切だ。ただしあまりに直情的な安全への志向は副作用をもたらす。視野が狭窄《きようさく》するからだ。治安に対しての疑心暗鬼が慢性化し、敵がいない状態が逆に不安を煽《あお》り、自ら敵を作り出す。すべての戦争はこうして始まる。だから他国からすれば侵略でも、自国にとっては大義ある自衛のつもりなのだ。今のアメリカの話ではない。かつてこの国もそうだった。でもこの体験を語り継いでいない。血肉にしていない。だからいまだに、「あの戦争は防衛戦争だったから間違いではない」などと、平気で口にする人が現れる。

闇が少しずつ濃くなって、通りは活気づき始めていた。アダルト・ショップのショーウィンドーには、いろんな形の男性器や女性器を模した商品が陳列されていて、その隣はイメクラだ。その斜向《はす》かいは「熟女専門」のファッション・マッサージ。通りの向こうにはソープランドもある。

高等な動物のほとんどは、発情の周期を持つ。そうでなければ、生涯を性に振り回される。ところが人類は例外だ。造物主はなぜ人類に、これほど過剰で周期のない性のリビドーを与えたのだろう? 天皇の赤子《せきし》たる兵士たちは、なぜ当然のように慰安婦を宛《あて》がわれたのだろう? なぜ男たちはこれほどまで純粋に、何度も、女性器を見たくなるのだろう?

平成十四(二〇〇二)年二月。五十台の監視カメラが歌舞伎町に設置された。翌年には入国管理局の出張所を歌舞伎町に置くことで、歌舞伎町を拠点にしていた外国人不法滞在者の数は激減した。竹花豊東京都副知事（当時）は平成十六年一月に行われた歌舞伎町住民との懇談会で、「歌舞伎町には百二十箇所の暴力団事務所があり、千人の構成員がいる」と発言した。

この発言を受けるように新宿区は、環境浄化、安全安心、文化の発信などを要綱に掲げた歌舞伎町対策推進会議を設置した。向こう三年間の事業費は、三億八千万円と試算された。

この時期の第一六一臨時国会で小泉純一郎総理大臣は、「『世界一安全な国、日本』を復活させなければなりません。新宿歌舞伎町など犯罪の頻発する繁華街を安全で楽しめる街に再生します」と宣言した。

これに呼応するように東京都知事定例記者会見で石原慎太郎都知事は、警視庁が進める迷惑防止条例の改正についての意見を聞かれ、以下のように応答した。

石原「ああいう風俗が跋扈《ばっこ》することが、その地域のにぎわいとも思わないし、ああいう風俗が淘汰《とうた》されたことでね、その盛り場が疲弊《ふぜい》するとも私は思わないね」

記者「ただ、一部で、歌舞伎町のよさというか風情というようなものが失われるんじゃないかというような意見もあります」
石原「私は歌舞伎町の風情というのは全然評価しないしね。あんなものは風情かね」
記者「わかりました」

簡単にわかるなよと言いたくなるけれど、とにかくこうして、平成十六年末を迎える頃には、歌舞伎町浄化作戦はますます加速した。非合法な風俗店や裏ＤＶＤ屋、アダルト・ショップなどが大規模な摘発を受け、次々と閉店を余儀なくされた。大規模再開発と暴力団追放等を目的とした「歌舞伎町ルネッサンス」計画の第一回会議が公開の場で開かれて、この年の四月には、改正された都条例（通称・客引き禁止条例）が施行された。
チャタレイ裁判や四畳半襖《ふすま》の下張事件などを引き合いにするまでもなく、性の領域は取り締まりの標的にされやすい。でも同時にこのリビドーは、法や規制の領域から、なぜかいつもはみだしてしまう。従軍慰安婦論争も同様だ。彼女たちが強制されたのか自ら志願したのかの二点の対立がこの論争の常だけど、そもそも慰安婦が、本当に必要不可欠な存在だったのかとの論点はなぜかない。アジアを解放するために聖戦に赴いたはずの兵士たちならば、一年や二年禁欲するくらいのストイシズムをなぜ保てなかったのかとの視点に、僕はこれまでお目にかかったことがない。

性の営みは、なぜかいつも淡い治外法権の領域にある。背広姿の男が、路上を歩く僕と土屋に近づいてきて、「お兄さんたち、いい店があるよ」と囁いた。

「客引きはダメなんじゃないの」

土屋がそう訊《き》けば、男は逡巡《しゅんじゅん》しながらも、「そんなこと言ってると商売にならないからねえ」と少しだけ口もとをゆがめる。歌舞伎町のマンモス交番前にも客引きはいた。明らかに交番内にいる警官たちの視界内だ。その後も次々と客引きは現れた。警官たちは見て見ぬ振りだ。

ふいに土屋が立ち止まる。その視線の先には、薄茶色の防水シートに覆《おお》われた細長いビルがある。

「……平成十三年に火事になった風俗ビルです。死傷者がたくさん出て、これも騒ぎになりました」

「覚えてるよ。そこも行ったことがあるの？」

「ありますよ。死んだ女の子は何人か知っていました」

そう言ってから土屋は、この男にしては珍しくしんみりと、「ちょっときつかったですね」とつぶやいた。

アダルト・グッズの店がある。店内に入ればすぐ目の前に、コスプレのセーラー服やエレベーター・ガールなどの制服が、ぎっしりとハンガーに吊《つ》るされている。レジの脇《わき》に段ボール箱が置かれていて、蛍光色のバイブレーターが大量に詰めこまれている。価格は二百五十円。理由はわからないけれど、圧倒的に安い。メーカーが倒産したとか、そんなところなのだろうか。

「ちょっと失礼」

携帯を手にした土屋が言う。どうやら仕事の電話らしい。立ち止まった僕の視界に、懐《なつ》かしい顔が近づいてくる。愛ちゃんだ。大きな瞳《ひとみ》が、驚いたように見開かれている。

「森さん！　何しているのここで」

「えーとね、取材なんだ。愛ちゃんは？」

「これからロフトプラスワンに行くの。植草さんが出るのよ」

知り合いのライター仲間から、愛ちゃんを初めて紹介されたのは三年程前。下北沢の大麻レストラン「麻」（別に非合法な店ではない）での飲み会だった。その頃の彼女の仕事はストリッパー。でもその後しばらくしてから、彼女は仕事をやめて、今はミニコミ誌の編集手伝いなど、いろいろやっているようだ。

「植草さんってあの？」

「そう、女子高生のスカートの中を手鏡で覗《のぞ》こうとして捕まったといわれる植草一秀さん」

電話を終えた土屋に愛ちゃんを紹介してから、「性とは少し遠ざかるけれど、行ってみようか」と僕は言い、「行ってみましょう」と土屋は頷《うなず》いた。

トークライブ酒場との別称を持つ「ロフトプラスワン」は、あらゆるジャンルのタレントや文化人を日替わりでホスト役に設定してステージに上げ、客はそのトークを聞きながら、酒を飲むという営業スタイルだ。

オーナーで歌舞伎町の生き字引を自称する平野悠の、サイト上の日記の一部を以下に引用する。今の歌舞伎町の実態がよくわかる。


初夏の霧雨の煙る歌舞伎町の路地で又、嫌な光景を見てしまった。これで何度、こんなイヤな光景を見たのだろうか？　って苦々しく思った。この数年の相変わらずの光景ではあるのだが、ただ歌舞伎町を歩いているだけで、日常的に私服や制服の「職務質問」に引っかかってしまう。今回も、パンクの格好の青年が巡回の警官に捕まってカバンの中身まで点検させられている。法律（憲法）的には断固断ることが出来るはずなのだが、もうそんな人々の権利なんかお構いなしで、数人の警官に取り囲まれ哀れな「犯罪者扱いされた」若者は、ほとんど泣きそうな顔をしていた。この半強制的「身体検査を含む職務質問」を拒否する事は出来ない。それも理由を聞くと「テロ対策」なんだそうだ。（中略）

確かにその兆候は一年前からあった。50台もの「監視カメラの設置」があったし、歌舞伎町からほとんどの「裏ビデオ屋」や「ディープな風俗店」が摘発され消滅してしまっているのだ。青少年の育成に悪い影響があるからといって、新宿の「ホストクラブ」の看板が撤去されたのは有名な話だ。

長く歌舞伎町に拠点を構える私達も、当初は「いつもの警察とマフィアの利権構造のこと」と達観して見ていた。だが、どうやら今回はそんな話ではなさそうで、今歌舞伎町は重大な「危機」を迎えている。

体内の免疫《めんえき》細胞による過剰なセキュリティが発動し、本来は害などないスギ花粉を敵と勘違いすることで、花粉症は発現する。要するに誤爆による副作用だ。近年、この症状が増殖する背景には、杉ばかりを植えてきた戦後の植林政策の過ち《あやま》（照葉樹林が減って杉ばかりが整然と並ぶ山の景色を見るたびに哀《かな》しくなる）に加え、社会の清潔度が上昇して雑菌が減ったことで、敵を失った免疫細胞が暴走しやすくなったとの説もある。これはまさしく冷戦後のアメリカだ。

最初は自衛だった。だから大義はあった。でもいつからか、他者を攻撃していることに気づかなくなる。そしてすべてが終わってから、屍《しかばね》が累々《るいるい》と横たわる焼け野原で、どうしてこんなことになったのだろう？　と、空を仰ぐ。歴史はずっとそんなことの繰り返しだ。

ロフトプラスワンのステージでは、この日の主役である植草一秀元早稲田大学大学院教授が、やや緊張した表情でマイクに向かっている。百人ほどの客もほとんどが、押し黙ってその言葉に耳を傾けている。植草がこの夜に喋《しゃべ》ったことを記す紙幅はないが、この事件について、僕が感じる印象だけを以下に書く。

エスカレーターの下から女子高生のスカートの中を覗こうとしたとして、東京都迷惑防止条例違反で逮捕された植草は、エスカレーターに備え付けの監視カメラの映像チェックを要求したが、なぜか警察の対応は遅く、結局は映像は消されてしまっている。そもそも植草を横浜から高輪まで一時間近く尾行した理由を、当該警察官は「変な目つきだったから」と第二回公判で証言しているが、こんな理由で尾行されてはたまらない。事件発生時からメディアの報道は明らかな悪意に満ちていたし、「ミラーマン」などの揶揄《やゆ》も常軌を逸していた。一審での有罪判決が下された日の日本テレビ系「ザ・ワイド」に出演した元最高検検事で帝京大教授（現在は白鷗大法科大学院教授）の土本武司は、「プロの捜査官が尾行したうえでの確かな現認状況だ。被告は全面否認しましたが、捜査官としての目で丹念に見たわけですから、誤認はありえない。裁判所がそこを見て有罪にしたのはたいへん結構」と発言した。

彼が潔白かどうかは僕にはわからない。判断できるような材料もないし、取材もしていない。しかし少なくとも、プロの捜査官に誤認がありえないのなら、冤罪《えんざい》など起こりようがない。悪質のレベルを超えて無邪気とでも形容したくなる土本の発言は別にして、たったひとりの警察官の現認だけで有罪がほぼ確定する現行の司法システムについて、僕らはもっと疑義を呈すべきだろう。近代司法において最も重要なテーゼである無罪推定原則が、この国ではあまりに軽視されすぎている。

時刻は深夜に近い。愛ちゃんに別れの挨拶《あいさつ》をしてから、ロフトプラスワンを後にする。「もう一軒行きますか？」と土屋が言う。「何しろ今回は性がテーマですから」

千五百円の覗き部屋。ビルの地下一階。高校の文化祭の模擬店のように安っぽい店内は、ベニヤで幾つかの小部屋に分けられており、マジック・ミラー越しに、半裸の女性のオナニーショーを眺めるシステムだ。

女性は徹底して無表情で、踊りも投げやりだった。ストリップ小屋の踊り子たちが発散させていた母性など欠片《かけら》もない。芸への執念もない。かといって退廃ですらない。なぜなら彼女は平面なのだ。起伏も傾斜もない。たった一人の閉塞《へいそく》したステージで踊るその表情は、強いて形容すれば虚無に近い。

彼女の周囲は、幾つもの黒いガラスで囲まれている。その一つひとつのガラスの向こうに、男たちの視線がある。ヴィム・ヴェンダースの映画『パリ、テキサス』を思いだした。女を愛しすぎた男は、覗き部屋のマジック・ミラー越しに女を見つめながら、二重写しとなった自分の顔に気づき、愛すれば愛するほど孤独になることを知る。

……そんなことを考えていたら、後ろの扉がいきなり開いた。

「オプション如何《いかが》ですか」

ポテトのSをひとつと言い返したくなるほどに屈託のない台詞《せりふ》だったけれど、もちろんそんなはずはない。ここで追加料金を払えば、彼女がこの場で手や口で刺激してくれるとのこと。いや、もう出ますから、と言い残して、僕は部屋の外に出た。レジの横には、先に部屋を出たらしい土屋が僕を待っていた。

細い路地の一角で、不意に土屋が足を停める。看板はないけれど裏DVD屋だ。中に入れば、壁一面の棚にびっしりと、パッケージが並んでいる。ただし中身はない。客が注文するたびに、近くの秘密の場所から運んでくるという。

表の規制が強化されれば裏が現れる。ただしこの裏の裏は表ではない。裏への規制が強化されれば、さらに多くの裏が現れる。つまりこの場合の規制は、裏を増殖させるばかりなのだとの見方もできる。

深夜の歌舞伎町。歩きながらつくづく思う。性とは何と豊饒《ほうじょう》で肥沃《ひよく》で荒涼とした領域なのだろう。毒々しいネオンサインに囲まれながら僕が今直面すべき事実は、志願なのか強制なのかはともかくとして、戦場で慰安婦を前にして勃起《ぼっき》した男たちの濃密な現実感覚だ。仮にそれが逃避のひとつであったにせよ、男たちの性への渇望がそれほどに強靭《きょうじん》であったことは、否定しようのない歴史的事実だ。

開店したばかりの韓国料理店で、二人で遅い夕食をとった。従業員は全員、来日したばかりの韓国人。そういえば拉致《らち》問題発覚で世相が騒然となっていた頃、この界隈《かいわい》に居住する北朝鮮系の在日二世や三世の子供たちが、通学時にチマチョゴリを切られるなどの嫌がらせにあい不登校になってしまったという話を、以前聞いたことがある。

料理は美味《おい》しかった。でも客はあまりいない。「頑張らなくちゃ」。土屋がトイレに立ったとき、空いた皿を片付けに来た若い女性従業員は、たどたどしい日本語でそう言ってから、にっこりと微笑《ほほえ》んだ。思わずうんと頷きながら、途中退場したストリップ小屋に、結局は行かないままだったことを思いだした。

第三弾　異国で繰り返される「静謐《せいひつ》な祈り」

渋谷区大山町一番地

地下鉄千代田線代々木上原の駅に着いて改札をくぐる。関東地方のこの日の最高気温は三十五度。でも体感温度は四十度をはるかに超えている。酷暑とか灼熱《しゃくねつ》とか、そんな言葉じゃ物足りない。とにかく暑い。暑いじゃなくて熱い。

この日の同行は、連載担当編集者の土屋眞哉に加え、文庫編集部（当時）の小林加津子の二人。小林の表情が少しだけ冴《さ》えない。訊《き》けば、つい先日空巣にやられて、多額の被害にあったとのこと。

テレビのスイッチを入れれば、毎日のように日本のどこかで、血腥《ちなまぐさ》くて猟奇的な殺人事件が起きている。イラクでは同国人を標的にした自爆テロが、これも毎日のように続き、イギリスでは地下鉄同時多発テロが起きたばかりだ。強奪や殺戮《さつりく》は世界中に蔓延《まんえん》している。

「金銭の被害だけで良かったですよね」

土屋が小林に言う。僕も思わず頷《うなず》いた。世の中、何が起こるかわからない。とても危険な時代なのだ。そんな感覚が、いつのまにか普通になっている。

平成十七（二〇〇五）年七月にロンドンで地下鉄を舞台にした同時多発テロが起きたとき、早々と四人の実行犯が特定されたことで、監視カメラの働きを賞賛する日本人は大勢いた。事件後すぐに、日本国内の鉄道全般に対する警戒・警備体制を強化することを決めた日本政府は、すべての鉄道会社に対し主要駅への監視カメラ増設を要請すると同時に、巡回の警察官も大幅に増員する方針を打ち出した。

統計によれば、ロンドンでは住人十四人につき一台の監視カメラが、街に設置されているという。街を歩く市民たちは、五分に一回は監視カメラにその姿を撮られているとのデータもある。

なるほど確かに、監視カメラは犯人の検挙には役立った。でも短絡してほしくないのだけど、防止や抑止には全く功を奏していない。暗号学の大家で『セキュリティはなぜやぶられたのか』（日経BP社）などの著者でもあるブルース・シュナイアーは、「仮にニューヨーク市の地下鉄路線すべてに監視カメラを設置したとしても、テロリストは代わりに映画館を爆破するだろう。だとすれば、それまでのカメラへの投資はまったくの無駄になってしまう」と語っている。

問題は無駄な投資だけじゃない。レンズによって頻繁に撮影されることが常態となってしまった社会が、人の心に与える影響だ。

駅舎を出れば、住宅街だというのにセミの声がする。僕が子供の頃は、セミといえばアブラゼミが主流だった。しかし最近の都心部では、ミンミンゼミやクマゼミのほうがはるかに多い。注意深く聞けばすぐわかるけれど、ジージーよりもミーンミーンのほうが普通なのだ。ヒートアイランド現象で地熱が上昇し、熱に弱いアブラゼミが減ったためとの説を聞いたことがある。真偽は確かじゃないけれど、いずれにせよ一昔前より、夏は暑く、そして冬は暖かくなっている。でも人は馴《な》れる。火にかけられた鍋《なべ》の中の蛙《かえる》は、温度の上昇に気づかないまま茹《ゆだ》ってしまうとの喩《たと》え話が示すとおり、環境の変化に人はいつのまにか適応する。その馴致《じゅんち》の能力が際立《きわだ》って強いからこそ、人はこれほどに繁栄した。

かつてロンドン警視庁所属の三万一千人の警察官のうち、銃携帯の許可を持っているのは約一割だった。銃に依存しないことは、イギリス警察の伝統であり誇りでもあった。しかし二〇〇一年の米同時多発テロ事件以来、テロ防止に関しては「射殺もやむを得ない」との方針を採用したロンドンの警察当局は、七月半ばに起きたロンドンの二度目の同時多発テロの実行犯と間違えて、何の罪もないブラジルの若者を射殺した。

……街を歩く自分の姿が、五分に一度はどこからか撮られている。そんな状態が普通となってしまった社会は、そこに暮らす人の意識に、どんな影響を与えるのだろう。

ジョージ・オーウェルが発表したディストピア小説『一九八四年』には、テレビジョンと監視カメラの機能を併せ持つテレスクリーンが、国民を管理する重要なツールとして登場する。街や家庭のいたるところに設置されたこの相互テレビジョンは、国民たちの言動を絶えず監視しながら（何しろ日記をつけるだけで逮捕される国家なのだ）、国歌を頻繁に放送する。放送されるニュースの多くは、軍が戦争を優勢に進めているといった内容で占められる（でもその戦争は仮想のものである可能性が高い）。また反政府主義者で指名手配中のエマニュエル・ゴールドスタインの映像が定期的に映し出され、国民たちはこの危険な男への恐怖や憎悪を、絶えることなく植えつけられている。

『一九八四年』が発表されたのは半世紀以上も前だ。テレビジョンすらまだ普及していない時代に、この先見性にはあきれるばかりだ。ノストラダムスの比じゃない。だからこそ考える。もしもオーウェルが今も生きていたら、かつて自分が想像した世界が現実になりつつあるこの状況を眺めながら、どんなことを思うのだろう。

代々木上原の駅を出て、井《い》の頭《かしら》通りを環七方面に向かって三分ほど歩けば、左手にアラビアンナイトに登場してきそうな白い尖塔《せんとう》が見えてくる。

がっしりと分厚い正面玄関の扉は、大きく開け放たれていた。人の気配はない。監視カメラもない。中に入れば、ひんやりとした冷気に包まれる。エアコンなどの人工的な冷気とは、明らかに違う。喩えていえば、日本の旧家の土間などに、ひっそりと貯《たくわ》えられた冷気に近い。奥には小さなテーブルが置いてあり、執務中らしいアラブ系の男性がひとり、ちらりと顔を上げたが、別に気に留める様子もなく、そのまま執務を続けている。

どうやら施設内を勝手に歩き回っても、お咎《とが》めはまったくないようだ。僕は後ろを振り返る。開け放しの玄関の外は、真夏の陽光が照りつける白昼の井の頭通りだ。確かにこの近辺は高級住宅地ではあるけれど、駅の周囲には数人のホームレスがいた。空巣や物取りは、この周辺でも最近は多いはずなのに。そう考えればこの無防備さは、肩透かしとでも形容したくなるほどに呆気《あっけ》ない。

ロシアで革命が起きてロマノフ朝が滅亡した一九一七年以降、樹立されたソヴィエト政権に追われるように、ロシアに居住していた多数のトルコ人が、満州を経由して日本へと移住した。日本政府の援助のもとに、彼らはこの地にトルコ人のための小学校を設立し、礼拝場や東京回教寺院なども建設した。

その一連の施設が老朽化し、取り壊されたのは一九九六年。二百二十坪のその跡地に、総大理石造りで銅葺《どうぶ》き屋根の東京ジャーミイ（イスラム教徒が礼拝する公共的寺院はモスクだが、トルコ語で一定規模以上のモスクのことは、特にジャーミイと呼ばれている）が建設されたのは二〇〇〇年。9・11の起きる一年前だ。

執務中らしい男性は、机に近づく僕に顔を上げた。

「見学ですか？」

流暢《りゅうちょう》な日本語だ。

「取材で来たのですが」

「そうですか」

「その……撮影の許可などはどうすればよろしいでしょうか」

「どうぞ、お好きに」

「それと、……もしできればインタビューもお願いしたいのですが」

「お待ちください」

そう言い残すと、男性は奥の部屋へ行き、一分もしないうちに戻ってきた。

「代表がお受けします。こちらにどうぞ」

僕は思わず、土屋と顔を見合わせていた。この時点でまだ僕たちは、身もとすらも明かしていない。取材はＯＫ。撮影もＯＫ。代表のインタビューもＯＫ。しかも全部、この場で一瞬で決まってしまった。開け放しの玄関といい、とにかく呆《あき》れるほどのオープンさだ。これがもし日本の宗教施設なら、申請書やら何やら、少なくとも何度か通わなくてはならないだろうし、撮影だって様々な条件を突きつけられるだろう。

代表の名刺には、「イマーム　エンサーリー　イエントルコ」と、片仮名で記載されていた。どれが苗字《みょうじ》なのかわからない。イエントルコさんだろうか。そういうことにしておこう。

「とてもオープンで驚きました」と挨拶《あいさつ》代わりに言えば、「どなたでも、お好きなときに自由に見ることができます」とイエントルコさんは微笑《ほほえ》んだ。東京ジャーミイの歴史や沿革などを一通り聞いた後、僕はひとつの質問を試みた。

「世界では今、イスラム原理主義者によるテロが続いています。これについてはどう思われますか」

予想はしていたけれど、イエントルコさんの表情が、少しだけ硬くなった。

「彼らは本来のムスリムではありません。イスラム教はそもそも、他の宗教に対してとても寛容な宗教なのです」

「9・11以降、イスラム教に対しての風当たりは、きっと強くなっていると思いますが」

「いいえ、そんなことはありません」

「こちらでは、地域住民などから嫌がらせなどはないですか」

「ありません」

「まったく？」

「はい」

「嫌がらせのメールとか手紙も？」

隣に座っていた小林が、念を押すように訊《たず》ねるが、イエントルコさんは厳しい表情のまま、同じ答えを繰り返す。

「まったくありません」

礼を言って、僕たちは短いインタビューを終えた。東京ジャーミイには、トルコ文化センターが併設されている。イエントルコさんがどこまで本音を語ってくれたかはわからないが、日本とトルコとの親善も重要な使命である彼にすれば、迂闊《うかつ》なことは言えないとの意識が働くことは当然だ。あるいは長く地域に密着してきた施設だからこそ、そんな摩擦が生じないということも、可能性としてはあるだろう。

部屋の外に出れば、土屋が二冊の赤くて分厚い本を手にしている。背表紙には「日亜対訳　注解　聖クルアーン」と書かれている。売店で買ったとのこと。

「一冊くらいコーランを持っていてもいいでしょう」

そう言いながら土屋は、僕の目の前に本を差し出す。高いんじゃないの？　と言いながら奥付を見れば、３０００円と表記されている。

イスラム教の根本聖典であるクルアーン（コーラン）は、金銭に換算すれば３０００円。イラク戦の捕虜を収容するグアンタナモ米海軍基地で、米軍の尋問官がクルアーンをトイレに流したとの記事がニューズウィーク誌で掲載されたとき、アフガンやイラクでは暴動が起きて多数の死者まで出た。そのクルアーンの価格が３０００円。何か不思議だ（ただし正統なイスラム教においては、アラビア語で書かれたクルアーン以外は「注釈」だ）。記事の掲載が大きな波紋を惹《ひ》き起こしたあとに、ニューズウィーク誌は誤報だったと謝罪したけれど、事実だったと考えたほうが妥当だろう。ジュネーブ協定を律儀《りちぎ》に守る意識があるならば、そもそも戦争など起こりえない。

礼拝所は二階にある。見学してもいいですか？　と訊ねれば、イエントルコさんは大きく頷いた。

「どうぞ。撮影もご自由に」

「この格好のままでいいんですか」

実はこの日の僕は、アロハに短パン姿だ。念のためジーンズをバッグに入れてはきたが、今のところ短パンへのお咎めはない。一瞬だけ僕の足元に視線を送ってから、イエントルコさんはにっこりと片頰に笑みを浮かべる。

「まったく問題はありません」

階段を上がれば、吹き抜けの中二階になっている。風が汗ばんだ肌を撫《な》で過ぎる。ドーム型の礼拝所の入り口には、髪を覆《おお》うための女性用のスカーフが、重ねて置かれていた。中を覗《のぞ》けば、一組の日本人カップルが礼拝所のほぼ中央で、肩を並べて佇《たたず》んでいる。いきなり現れた三人に不審な気配を感じたのか、二人はさっさといなくなった。その後姿を眺めながら土屋が、「確かにデートスポットとしてはいいかもしれませんね」とつぶやいた。

三年前、シリアを訪ねたことがある。直行便はない。アムステルダム経由でレバノンに着き、ベイルートから陸路で二時間かけて、やっとシリアの首都であるダマスカスに到着した。

到着して三日目に、何人かのシリア人に勧められて、夕暮れのオールド・ダマスカス（旧市街）を散策した。人とものて混雑するスーク（市場）を抜けると、目の前には城のように巨大な、ウマイヤド・モスクが聳《そび》えていた。

現存するモスクとしては世界最古で、イスラム教では、メッカ、メディナ、岩のドームに次ぐ第四の聖地と称されるウマイヤド・モスクは、敷地内にバプテスマのヨハネの聖廟《せいびょう》があり、キリスト教徒も頻繁に訪れるモスクとして知られている。

イエス・キリストに洗礼を授けたとされるヨハネは、ユダヤのヘロデ王の結婚を不道徳であると批難したことで斬首《ざんしゅ》された。ウマイヤド・モスクの聖廟には、その切り落とされた首が納められているといわれている（もう少し正確に書けば、ヨハネの墓だったところにモスクが建設された）。二〇〇一年、第264代ローマ教皇ヨハネ・パウロ2世は、この聖廟に詣《もう》でるために、歴代の教皇としては初めてウマイヤド・モスクを訪れている。

イスラム教最古のモスクは、なぜよりによってキリストに洗礼を授けたヨハネが埋葬された場所に建設されたのだろう？　その理由を考えるためには、キリスト教とイスラム教、そしてユダヤ教は、実はとても似通った宗教であることを、まずは知らなくてはならない。

シナイ山で神と預言者モーゼの率いるイスラエルの民との間に結ばれた契約を元と

する宗教がユダヤ教であり、その契約を記した書は、キリスト教では旧約聖書と呼ばれている。旧約聖書によれば、メソポタミア、つまり現在のイラク南部（トルコ近郊との説もある）に生まれたアブラハムは、異母兄弟であるイシュマエルとイサクという二人の息子を授かり、イシュマエルの子孫がアラブ人となり、イサクの息子ヤコブ（またの名をイスラエル）の子孫がユダヤ人となったとされている。クルアーンにも同様の表記があり、アラブの民とユダヤの民は、アブラハムという共通の祖先を持つ民族ということになる。

　要するにこの三つの宗教はきわめて近い。ちなみにアブラハム一族を迫害し続けた民として旧約聖書に表記されるペリシテ人は、現在のパレスチナに住みついたと言われている。ならばイスラエルとパレスチナの敵対関係は、創世記の時代から続いているとの見方もできる。

　オールド・ダマスカスには、キリスト教徒の居住区もあり、そこには当然ながら教会がある。つまりキリスト教徒とイスラム教徒が共存している。

　イエントルコさんは、「イスラム教はそもそも、他の宗教に対してとても寛容な宗教です」と僕に言った。それは正しい。たとえばイラク国内にも教会は幾つもあるし、サダム・フセインの右腕と言われていたアジズ外相は敬虔《けいけん》なキリスト教徒だ。中世においても、キリスト教が異端審問で処刑を当たり前のように行っていた頃、イスラム世界に暮らすキリスト教徒やユダヤ教徒は「啓典の民」として、信仰の自由を保障されていた。イエントルコさんへの最初の質問に、僕はイスラム原理主義者という言葉を使ったけれど、本来はこんな用語はない。強いて言えば、イスラム共同体を復興させようとするイスラム復興運動だが、特に9・11以降、本来はキリスト教の用語である原理主義を移植することで、過激な戦闘集団というニュアンスが付加された。

イスラム復興運動が先鋭化した背景には、近代の捻《ねじ》れが働いている。キリスト教徒たちに圧倒されたオスマン帝国が滅亡した記憶に、ホロコーストの反作用のように強引なイスラエル国家の建設が重なり（ユダヤ民族への迫害は、ナチスだけではなく、ヨーロッパ全域で見られた現象だ。だからこそ発覚したホロコーストの悲惨さに、西側社会は戦慄《せんりつ》した）、さらにアメリカに代表されるグローバル・スタンダードを押しつけられたことの反作用として、預言者ムハンマドの時代の正しいイスラム教へと回帰しようとする運動が起こり、西側メディアによって、イスラム原理主義と命名された。

いずれにせよこの三つの宗教は極めて近い。少なくともまったくの異教ではない。言ってみれば昔からよく知っている隣近所。かつては味噌《みそ》や醬油《しょうゆ》を借り合った仲なのだ。でも近いからこそ粗《あら》が目につく。近いからこそ、争いが起きる。イラクに生まれたアブラハムに端を発するユダヤ教とイスラム教、そしてキリスト教による三《み》つ巴《どもえ》の争いで、世界は今、壊れかけている。

礼拝が始まった。金曜なら百人近くのムスリムたちが集まるとのことだが、土曜の今日は五人しかいない。しかし数は少なくとも、その真剣さは変わらない。礼拝の時間はおよそ二十分。イマーム（導師）の衣装に着替えたイエントルコさんがコーランを唱え、その後ろに横一列に並んだ男たちは、キブラ（メッカの方角）に向けて、何度も礼拝を繰り返す。

祈りを捧《ささ》げる彼らの横に、僕は腰を下ろした。気が散るから離れてくれと言われたなら従おうと考えていたが、男たちは誰一人気にしない。一心に祈り続けている。

六十年前の今日、広島の上空を飛ぶB29から、リトルボーイと愛称をつけられた原子爆弾が投下された。ムスリムがキブラに向けてぬかずく今この瞬間、おおぜいの日本人たちが、「過《あやま》ちは繰返しませぬから」と手を合わせ、祈りを捧げているはずだ。人は祈る。願う。そして誓う。だからといって、この世界から争いが絶えたことなど、有史上は一度もない。でも祈る。願う。誓う。同じ過ちを繰り返しながらも、でも祈り続ける。

日本はオウムのテロによって、そして世界はイスラムのテロによって、大きく変わりつつある。この二つに共通するのは、触媒としての役割を果たしたことだ。だからこそオウムが事実上はほとんど消滅した日本においても、社会の変化はゆっくりと進行しつつある。

ダマスカスに行った理由は、映画祭に招待されたからだった。地下鉄サリン事件以降のオウム信者と日本社会を被写体にした自作のドキュメンタリー映画『A』上映後は、会場で質疑応答が行われた。

帰国後、イスラム圏の人たちは、オウムの映画にどんな感想を持つのかと、何人かに質問された。答えは単純。日本と一緒です。ダマスカスでもベイルートでも、香港《ホンコン》でもバンコクでも雲南でも、ロスでもシアトルでもロンドンでも、アムステルダムでもベルリンでもプサンでもアデレードでもデリーでも、上映後の質問は、いつもほとんど変わらない。

「なぜオウム信者たちは皆、あれほどまでに普通なのだ？」

「なぜマスメディアは、目の前の真実を伝えようとはしないのか？」

「なぜあなただけが、オウム施設内の撮影を許されたのか？」

この三つは、どこの国で上映しても、必ずといっていいほど訊《き》かれる質問だ。

つくづく思う。肌の色や言語や宗教や文化が違っても、人の体温と内面は変わらない。世界各国での上映を通して、僕はこれを何度も実感した。骨の髄から凶暴な人など、ほとんどいない。少なくとも僕は会ったことがない。だからこそ僕は、「世界はもっと豊かだし、人はもっと優しい」と言い続けた。でもこのフレーズを口にすれば、「ならばなぜ、優しいはずのオウム信者たちは、あれほど凶悪な犯罪を起こしたのだ？」と訊ねられる。

この質問に答えるためには、人はなぜ宗教を必要とするのかを考えねばならない。世界中どこに行っても、宗教を持たない文化や民族は存在しない。人が宗教を必要とする理由は、生きもので唯一《ゆいいつ》、自らがやがて死ぬことを知ってしまった動物だからだ。

宗教の重要な機能は、輪廻転生《りんねてんしょう》や極楽浄土など、死後の世界を担保することにある。死後を担保されることで、人は与えられたこの生を安らかに、あるいは前向きに過すことができる。

ところがこの構造は、時として死と生の価値を等価にしたり、さらには倒置する場合がある。与えられた生をまっとうするために機能するはずの宗教は、皮肉なことに死への垣根を引き下げてしまうのだ。だからこそほとんどの宗教は、自殺を固く禁じている。

ただし、仏教は少し違う。釈迦《しゃか》が死後の世界については一切言及しなかったことは周知の通りだ。それどころか彼は、輪廻転生を否定した。でもそれでは布教ができない。なぜなら死後の世界を担保することは、宗教の最大の現世利益《りやく》なのだから。

もちろんオウムの事件そのものは、これほどに単純ではない。宗教が内包するリスクが全開してしまったことに、共同体に帰属することの負のメカニズムや、過剰な自己防衛意識の暴走、麻原彰晃の（ある意味で）特異なキャラクターなどが加わったことで、あれほどに破天荒な事件に結びついたと僕は考えている。善意や優しさが人を大量に殺す事例は、決して珍しくない。宗教は危険だ。危険だけど、僕らはこれを必要としている。

礼拝は終わった。男たちはさっさと帰り支度を始めている。一日の礼拝は、早朝夜明け前、正午すぎ、午後、日没後、夜（就寝前）の合計五回。日本のような異文化の社会で、仕事を持つムスリムにとっては、かなりの難行だ。

一人の男が、「見学ですか？」と、やっぱり流暢《りゅうちょう》な日本語で話しかけてきた。インディ・ジョーンズの映画にでも登場しそうな、いかにも人のよさそうな大男だ。

「何を祈っていたのですか？」と訊ねる僕に、男は一瞬だけ口ごもってから、「世界の平和です」とつぶやき、それから片眼をつぶってみせた。とてもチャーミングな笑顔だった。

帰り道、「祈りって何でしょうね」と土屋が言った。「何かしら……」と小林も、たった今見てきた情景を思い出すかのように遠い目になる。

人は同じ過ちを繰り返す。自分が不完全であることを知っている。だから祈る。祈り続ける。人類の歴史が終焉《しゅうえん》するその時に、人は何を祈るのだろう。

第四弾

「縁のない骸《むくろ》」が永劫《えいごう》の記憶を発する

台東区浅草二丁目

連載四回目で初めての雨。それも半端な雨じゃない。近づきつつある台風14号の影響で、この日の東京は、朝から局地的な激しい雨が降ったりやんだり。

東武伊勢崎線の浅草駅を降りる。この街は久しぶりだ。テレビ・ディレクターをやっていた十数年前、週のうち三日は帰宅できないようなそんな日々を送りながら、時おり暇ができると、意味もなくこの街を野良犬のように徘徊《はいかい》し、夕方から開店する居酒屋で煮込みや焼き鳥を頬張りながら、一人でホッピーを飲んでいた時期がある。

記憶を重ねながら人は齢《とし》をとる。言い換えれば、記憶の堆積《たいせき》が、その人の現在を形作る。でもあの頃の自分は、何を考え、何を思い、何を願いながら走り回っていたのか、まるで若年性健忘症を発症していたかのように、思い出せる記憶がほとんどない。空白だ。困ったな。断片的には思い出せるのだけど、体系的な記憶がない。要するに断片の狭間《はざま》を繋《つな》ぐはずの、自分の心情や情緒を思い出せない。

たぶん主語がなかったのだろう。だから述語である心情や情緒を思い出せない。今はどうなのだろう。あの頃よりはマシだとは思うけれど、でもまた十年が過ぎる頃、僕は同じように記憶がないと焦《あせ》るのかもしれない。いずれにせよ、記憶が残ろうが消えようが、人は平等に齢をとる。それは確実だ。でも実のところ、中身はあまり変わらない。

小学生の頃は、声変わりした中学生がとても大人に見えた。中学生の頃は、口許《くちもと》に薄い髭《ひげ》を生やした高校生が大人に見えた。高校生の頃は大学生が、大学生になれば社会人が、そして社会人になれば上司たちの世代が、自分とはかけ離れた大人なのだと思っていた。人は成長することが当たり前で、自分もいつかは、そんな大人になると信じていた。

でも今、人生の半ばを過ぎて実感するけれど、つくづく何も変わっていない。胸を張って書くことじゃないけれど、こんなガキのままでこの齢になるとは、あの頃は夢にも思わなかった。たぶん誰もがそうなのだろう。誰もが、こんなはずじゃなかったと意識のどこかで思いながら、齢を重ねてゆくのだろう。

待ち合わせ場所の雷門《かみなりもん》に向かって小雨の中を歩いていたら、ポケットの中の携帯の着信音が鳴る。土屋だ。「道が混んでいるので十分ほど遅れます」とのこと。うん、了解。そう言って電話を終えてから、作家であるこの僕は電車と徒歩なのに、担当編集者の土屋はなぜタクシーで乗り付けてくるんだと、少しだけムカついてきた。

空を見上げる。雨足が少し強くなったようだ。雷門の横で十五分ほど待つ。暇だ。やることがないので、雷門の周囲をぐるぐる歩きながら、門の両脇《りょうわき》に安置されている木像をしばらく眺める。何度もこの門をくぐっているのに、この像をこうしてしげしげと眺めるのは、考えたら初めてだ。今までは何となく仁王像と思い込んでいたけれど、よく見れば明らかに違う。

雷門のシンボルマークでもある巨大な提灯《ちょうちん》には、松下電器のマークと松下幸之助の名前が刻まれている。提灯がパナソニック製ということではもちろんなく、改修の際に松下グループが費用を寄進したということなのだろう。提灯の上には、浅草寺の山号「金龍山」を記した看板がある。

……「看板」でいいのかな。「額」だろうか。「扁額《へんがく》」という言葉があったけれど、それかもしれない。……やれやれだ。何も成長していない。活字で生計を立て始めてからもう三年が過ぎるけれど、こんな程度の日本語すら知らないのだからお里が知れる。

提灯の裏に回る。「風雷神門」と大きく墨書されている。これが雷門の正式名称なのだろうか。ふと思いついて、前面に回りこみ、もう一度二つの木彫り像を眺める。なるほど。向かって右側の木彫り像は大きな袋を抱えており、左側は背中に、丸い輪に幾つもの太鼓（連鼓などと呼称されるらしい）を背負っている。要するに風神と雷神だ。でもならば、なぜ「雷門」との俗称が一般的になったのだろう。並んで立っているのに、なぜ風神は忘れられたのだろう。

門の後ろには、風神と雷神と背中合わせの形で、やはり二つの木像がある。龍神像だ。向かって左側の男性が天龍像で、右側の女性が金龍像。やはり松下グループからこの二つの像が寄進されたのは、意外に新しくて昭和五十三（一九七八）年三月だ。そういえば金龍像の衣服は、ベルトの形なども含めて、やけに今風だ。そのまま仲見世を歩いていても、民族衣装の好きなお姉さんくらいにしか見えないかもしれない。

雨足がまた少しだけ強くなったようだ。僕は空を見上げる。薄い灰色の空を左から右へ、濃い灰色の雲が強い風に吹かれて飛んでゆく。そういえば朝のニュースでアナウンサーが、関東地方に台風14号が接近中とかなんとか言っていた。このままでは今夜あたり、直撃ということになるのだろうか。

視界の端に、いつものように全身黒ずくめの土屋が現れた。どうやらタクシーを降りた直後のようだ。ゆっくりと近づいてくる。作家を待たせているという焦《あせ》りや恐縮の気配はまったくない。せめて上辺だけでも装《よそお》うとの雰囲気も見事にない。

「お待たせしました。ちょっと道が混んじゃって」

相変わらず地獄の釜の蓋《ふた》の隙間《すきま》から洩《も》れてくるような声だ。電車と徒歩だから遅れようがない作家に、タクシーで乗りつけた編集者が「道が混んじゃって」と言い訳する。いい度胸しているねと皮肉のひとつも言ってやりたいところだけど、たぶんこの男は、嬉《うれ》しそうに「いやいや、それほどでも」とか言うのだろうな。

仲見世を歩く。今日の目的地は、浅草寺の敷地内にある観音前交番だ。この交番を拠点に九月いっぱい、身元不明相談所が開設されているという。土屋からの情報だ。その意味では、この男も多少は役に立つ。

「身元不明」をもう少し詳しく書けば、要するに行き倒れで発見され、なおかつ身元が不明のままの遺体ということだ。警視庁の身元不明相談室のホームページによれば、この一年間だけで東京都内で見つかった身元不明の遺体は約二百体。引き取り手が見つからない場合は無縁仏となる。

発見された遺体の身元がわかれば、警察はもちろん親族に連絡する。しかし連絡先がわかるような所持品が見つからない場合には、たとえ捜索願が出されていても、遺体と捜索願とを合致させることは不可能だ。そこで観音前交番ではこの時期、遺体の特徴などをデータで揃《そろ》え、身内に行方不明者がいる親族の問い合わせに応《こた》えられるようになっている。

「森さんは、警察は嫌いですか」

歩きながら土屋が唐突に訊《き》く。

「嫌いじゃない。親父《おやじ》の仕事は海上保安官だったし、警察とは親戚《しんせき》みたいなものだよ」

そう答えてから「どうして？」と訊《たず》ねれば、「いや、反権力の人って、そういうタイプが多いから。だとしたら今回の取材は申し訳なかったなと思って」との答えが返ってきた。殊勝じゃん。僕が反権力タイプかどうかはともかくとして、土屋を知る人なら、この謙虚さの裏にはきっと何かがあると思うだろうな。気が抜けない一日になりそうだ。

交番の前に立って、「話は聞けますか」と声をかけると、体格のよい中年の巡査が現れて、広報を通してほしいとやんわりと断られた。

「以前は広報を通さなくても取材はＯＫでしたよ」

土屋が言う。中年の巡査は首を傾《かし》げる。

「以前って?」

「私、フォーカスという写真雑誌の編集部にいたことがあるんです。取材の申請なんてその頃はしなかったですよ」

土屋はかなり粘ったが、やはり了解はもらえなかった。まあ当然だろうな。それにしてもフォーカス恐るべし。公権力を取材する際に申請なんか必要ないと、本気で思っているかのような気配がある。かつて編集部に集っていたスレッカラシの男や女たちは、今どこにいるのだろう。

「遺体のリストがありますよね。それだけでも見せてもらえないでしょうか」

「遺体とはいえ個人情報ですからね。そう簡単にはお見せできません」

どう考えても中年巡査の言うことのほうに理があると思うのだけど、土屋はなかなか引き下がらない。途中から女性担当官も加わった。二対一だ。でもスレッカラシ編集者は、「確かに個人情報だけど、でももう亡《な》くなった方の個人情報ですよね。存命している方とは扱いが違うはずです」などと言い張り続けている。三人の横に立って、つまり個人ではなく故人情報だなどとバカなことを考えていたら、女性担当官の肩越しに、B4サイズの冊子がちらりと見えた。訪ねてきた家族に対応していた別の担当官が、机の引き出しから取り出したのだ。

「森さん、あれですよ」

交渉を中断した土屋が小声で言う。冊子に貼《は》り付けられた写真が何点か見えた。遺体の写真だ。中年の男性だと思うが、死後かなりの時間が経過してから発見されたのか、顔が膨れていて正確には判別できない。

「見えました？」

そう訊ねる土屋に僕は頷《うなず》いた。見たからどうというものでもないが、やっぱり死んだ人の顔だと思うと、少しだけ厳粛な気持ちになる。

「以前、見たときは、腐敗した死体なんかも結構あったから、インパクトは強かったですよ」

そう言ってから土屋は、女性担当官に向き直り、

「浅草に相談所を開設する理由は、やっぱりこの辺は行き倒れる人が多いからですか」

と訊ねる。おそらくはそんなところだろうと僕も思っていた。ここから車で十五分ほどの上野公園の一角には、まるで週末のキャンプ場のように、テントがびっしりと並んでいる。ただしキャンプ場と違うのは、立ち並ぶテントの生地が、すべて青いビ

ニールシートであることと、ラジカセなどの音楽がどこからも聴こえないこと、それと住人たちが、花火やバーベキューを好まないことだ。

いずれにせよあれだけのホームレスが近隣にいるのだから、行き倒れも当然ながら多いはずだ。だから浅草なのだろうと思っていた。しかし女性担当官は、「いいえ。それは違います」と即答した。

「……じゃあ、別の理由ですか」

「本庁にも相談室は開設しているんですが、やっぱり気軽に来れない方が多いんです。浅草は地方の方にも場所を知られているから、足を運びやすいんです」

女性担当官に礼を言って、ぶらぶらと浅草寺の敷地を歩く。霧のような雨が頬を濡《ぬ》らす。でも土屋も僕も傘を持っていない。まあもし土屋が持っていたとして相合傘を勧められたとしても（賭けてもいいけれど、僕にその傘を渡すようなことを土屋は絶対にしない）、まちがいなく横腹に蹴《け》りを入れていると思うけれど。

浅草寺本堂に入り、賽銭箱《さいせんばこ》に小銭を投げ入れて手を合わせた。隣で手を合わせる土屋の横顔を盗み見ながら、なんだかミスマッチな光景だとつくづく思う。元フォーカスの記者や編集者やカメラマンたちに、祈りは絶対に似合わない。

外へ出れば、日差しが強くなっている。雨もいつのまにか上がっていた。台風到来直前に特有の、妙に落ち着かない天気だ。

東京だけで二百人。年間の自殺者が国全体で三万人を超すとはいえ、身元不明遺体だけでこの数字は、やはり少なくはない。警視庁のホームページには、無作為に抽出されたらしい身元不明遺体の情報が、データとして掲載されている。

ナンバー6。平成14年7月13日前後に亡くなったと推察される遺体は、25～35歳くらいの女性で、身長は150～160センチ。発見されたのは東京都北区赤羽。着衣は青色Tシャツにベージュ色の下着、ジーンズに灰色の帽子、それと青色運動靴（サイズは24・0）。

所持品は、眼鏡と時計、それに乗車券（区間は表示されていない）。衣服や所持品の写真も掲載されている。ジーンズはEDWINの503。時計のメーカーはわからないけれど、帽子やTシャツを見るかぎり、（高級品ではないけれど）なかなかお洒落《しゃれ》な女性だったようだ。どう考えても彼女には、近親者が誰もいない行き倒れは似つかわしくない。

彼女はなぜ、この都会の片隅でひっそりと死んでいったのだろう。死ぬ直前に何があったのだろう。どんな人生を送ってきたのだろう。どんな記憶があったのだろう。

ナンバー20。平成15年4月1日前後に亡くなったと推察される男性は、推定年齢は50〜60歳で、大田区で発見されている。身長は176〜178センチ。小太りで丸顔、短く刈り揃《そろ》えられた髪には白髪が混じり、灰色ジャンパーに青色チョッキ、茶色のセーターに長袖《ながそで》シャツ、黒い短靴（25・5）にデイパック、腕時計が残されており、さらにこの男性は、所持品に自転車が掲載されていた。

ナンバー27。死亡推定日時は平成15年9月1日前後。男性で年齢は25〜35歳くらい。身長は172センチで四角顔。髪は短くて、黒のTシャツに黒のジーンズ、そしてやはり黒の長靴（26・5）。血液型はO型。資料には半長靴と表記されているが、写真を見れば、これは革のワークブーツだ。

無作為に三人を選んだけれど、いずれも所持金を使い果たし、飢えや寒さに衰弱して死んだという雰囲気ではない。ホームページで紹介されている遺体の数は全部で四十人（単位を「体」にすべきかと悩んだが、やっぱり「人」にする。つくづく日本語は難しい。それとも僕が無知なのか)。そのほとんどが、やはり行き倒れとは少し違うようだ。

平成14年4月に豊島区で発見された19〜27歳の女性は、バッグの中に何枚かのCDとCDプレイヤー、それに文庫本(写真ではタイトルまでは読み取れない)を残している。所持品の項目にエレキギターと書かれた男もいる。財布に数枚の千円札と小銭を残しているケースも幾つかはあったけれど、例に挙げた三人も含め、ほとんどの遺体は、発見されたときには金銭を所持していないようだ。使い果たしたと考えるより、持ち去られたと考えたほうが現実的だろう。

身元不明の遺体。そのほとんどは、生きる気力を失ったホームレスや衰弱した老人の行き倒れだろうと僕は予想していた。でもそうとばかりは言い切れないようだ。所持品として残された部屋の鍵《かぎ》や指輪、時計やキーホルダーなどの写真の多くは、明らかに時を停めていた。つまりひっそりと内側から閉じている。それはまるでこの所有者が、今後も当たり前のように生き続けるつもりでいたことを、静かに訴えているかのようだった。

死因は一切書かれていない。おそらくその理由は、行方不明の身内を探す親族や友人にとって、死因は本人を識別する情報ではないからだろう。だから推測するしかないが、いずれにせよ自然死の可能性は薄い。彼らのほとんどは、何らかの理由で(あるいは何の理由もないまま理不尽に)、その生涯を、不意に断ち切られた人たちだ。

年間二百人。平均すればほぼ二日に一人、この東京のどこかで誰かが、この社会との関係や自らが生きてきた証《あかし》を断ち切られながら、生命活動を停止する。誰も哀《かな》しまないし、誰も喜ばない。だって誰も知らないのだから。

人は他者と共に生きる。単独では生き続けられない。世界有数の人口密度を誇るこの大都会で、彼らは他者から存在を黙殺されながら死んでいる。過去形ではない。誰かが名前を思い出さないかぎりは、死んだことはまだ認知されていない。だから彼らは、この先もずっと、ネットや資料の世界に自らを閉じながら、現在形で死んでいる。

遺留品は一定の期間だけ保存されるが、期限を過ぎれば処分され、(東京の場合は)骨壺《こつつぼ》は発見された地区の区役所などに戻され、無縁仏として埋葬される。

彼らがこの世界に生きていた記憶は、こうして消滅する。永劫《えいごう》に。消滅し続ける。この先もずっと。


本堂に向かって歩く。また小雨が降りだした。浅草寺の歴史は古い。室町時代に作られたと思われる「浅草寺縁起」によれば、宮戸川(隅田川)の岸辺に住みながら漁で生計を立てていた檜前《ひのくま》浜成と竹成の兄弟の投網《とあみ》に、一寸八分(約五・五センチ)の黄金の聖観音像《しょうかんのん》がかかったことから、浅草寺の縁起は始まった。六二八年三月十八日の早朝と記されているから、ほぼ千四百年前だ。兄弟はこの黄金像を、主人である土師真中知《はじのまなかち》の自宅に安置した。これが浅草寺の起源であるとされている。のちに檜前兄弟と土師直中知の三人は、本堂東側に建てられた三社権現《ごんげん》（浅草神社）に祀《まつ》られた。つまりお寺と神社があっさりと並存した。三社権現だけではない。境内には被官稲荷《いなり》が建立されているし、もちろん鳥居もある。釈迦《しゃか》の遺骨（仏舎利）を納めた五重塔があれば、仁王門もある。風神と雷神、龍神がいる。二天門には増長天《ぞうじょうてん》と持国天が祀られていて、多くの地蔵尊や不動尊も敷地内にある。

要するに浅草寺とその敷地は、かつての神仏習合を端的に体現する宗教的複合施設の集大成だ。

この各種宗教施設への参拝を目的に人が集い、露店が並び、大道芸人が集まり、芝居小屋が建てられた。

明治時代には浅草六区の映画街が生まれ、見世物小屋が立ち並び、吹き矢店、玉乗り、人形芝居、女軽業、ジオラマ、などが軒を連ね、明治二十三（一八九〇）年には、日本初のエレベーターが備えられた十二階建ての凌雲閣《りょううんかく》が建造された。

この凌雲閣周辺の街の活気を、室生犀星《むろうさいせい》は以下のように書き残している。

十二階下の巣窟も一時はすっかり途絶えたようであったが、ふしぎにも絵葉書屋や造花屋、煙草屋とも小間物屋ともつかない怪しげな店ができて、そこから影のような女が出たり入ったりしていたが、もうこの頃になってから、とぐろを巻いたような小路と小路、ありとあらゆる裏町が変な、うすくらいような家に何者かが潜んでいるとのことであった。

誰でも実際はそうひどくなくとも、あの界隈の溝や下水やマッチ箱のような長屋や支那料理屋やおでん屋などをみると、ふしぎに其処にこの都会の底の底を溜めたおりがあるような気がする。夜も昼もない青白い夢や、季節はずれの虫の音、またはどこからどう掘り出して来るかとも思われる十六、七の、やっと肉づきが堅《し》まってひと息ついたように思われる娘が、ふらふらと、小路や裏通りから白い犬のように出てくるのだ。それがみな半分田舎めいて半分都会めいた姿で、鍍金《メッキ》の紅い指輪や八十銭ほどの半襟やちかちか光る貝細工の束髪ピンなどでからだをかためている。それが三月か四月のあいだに何処から何処へゆくのか、朝鮮か支那へでも行ったようにに姿を漸次に掻き消してしまうのだ。

『公園小品』

生と死が隣り合わせに渾然《こんぜん》と渦巻く宗教的集落を中心にして、かつての浅草は、娘たちがいつのまにか姿を掻《か》き消してしまう魔窟《まくつ》でもあった。そして今この地では、自らが生きてきた記憶のいっさいを掻き消して死の世界へ旅立った人たちが、知人や縁者が訪ねてくるのを待ちながら、ひっそりと吐息をついている。

その吐息が少しずつ濃密になる。息苦しくなって僕は足を速める。特に目的地はない。

「さて、どうしましょうか」

そう訊《たず》ねる土屋に、僕は「花やしきに行こう」と提案した。半分はヤケクソ。いいですねえ、と土屋は頷いたが、浅草寺から徒歩で二分の花やしきは、遊戯施設の半分以上に（よりによって）青いビニールシートをかけられて、これもまたひっそりと雨に濡れていた。稼動《かどう》しているのは、視界に入るところでは回転木馬くらいだ。

入りますか？　と土屋は言うけれど、中年男が二人、雨の遊園地で回転木馬に乗っても仕方がない。……何だか気持ちがとても不安定だ。今の自分なら、土屋の隣で揺れる木馬の背中に摑《つか》まりながら、キャアと黄色い声をあげそうだ。たぶんそんな事態になったなら、僕は一生うなされる。

雨足は少しずつ強くなる。風も吹きだした。僕は土屋を居酒屋に誘った。十数年前、自分が何を考え、何を思い、何を願っていたのか、ホッピーや煮込みでもしかしたら、その記憶が喚起されるかもしれない。風が強い。雨も横殴りだ。その場にいるのに忘れられた風神が、地団駄を踏みながら咆哮《ほうこう》しているかのように。自分が存在していることを、必死に訴えているかのように。

カウンターに座ると同時に、土屋はビールを注文した。またウーロン茶を頼むのだろうと思っていた僕は、少しだけ驚いた。

「禁酒の誓いはどうしたの」

「ああ、このあいだから少しずつ飲み始めているんです」

「ということは、……大願成就できたってこと?」

「いや、そういうわけじゃないです」

「そもそも何の願を掛けたか教えてよ」

「ダメだよ。他人に言ったら、もう願掛けじゃなくなっちゃいますよ」

スレッカラシの元フォーカス記者が、殊勝に顔を赤らめながらイヤイヤをする。見ているこっちが恥ずかしい。ホッピーを飲む。一杯が二杯。煮込みを食べながら、二杯が三杯。記憶は戻らない。人は齢《とし》を重ねる。やがて死ぬ。死んだ瞬間に、その人の記憶はどこへゆくのだろう。

「たぶん消えますよ」

あっさりと土屋が言う。うん。そうかもね。雨はいつのまにか本降りになっている。

そろそろ帰らねば。僕は最後のホッピーを注文する。

第五弾　彼らとを隔てる「存在しない一線」

世田谷区上北沢二丁目

グランドでは障害物競走が始まった。走る距離は五十メートルくらい。走者たちの動きは予想以上に機敏だ。

「みんな速いですねえ」

土屋も同じ思いを抱いたらしく、少しだけ意外そうにつぶやいた。始まる少し前に、たぶん動きは緩慢だよ、と僕が言っていたからだ。

「動きは普通だね。五年前とはだいぶ雰囲気が違う」

そう言いながら、僕は空を見上げる。水滴が頬に落ちたような気がしたからだ。この日の天気は曇り。でも安定した曇りじゃない。今にも雨が降りそうなのに、時おり雲の切れ間から強い日差しが降り注ぐ、要するに何だかざわつく曇り。中途半端《はんぱ》でとても曖昧《あいまい》な曇り。

歓声が聞こえる。グランドではいつのまにか、大玉転がしが始まっている。頭にへッドギアをつけた年配の女性が、足がもつれたのか前のめりに転倒した。病院のスタッフやボランティアたちが、あわてて彼女の周囲に走り寄る。でもたいしたことはなさそうだ。トレパンの膝《ひざ》についた土を払ってから、彼女はまた、張りぼての大玉を転がしながら走りだす。その表情はとても真剣だ。動作は少しだけぎくしゃくしているけれど、でも全力で走りたいという意思が、その小さな身体《からだ》いっぱいから発散されている。

世田谷区上北沢。最寄りの駅は京王線八幡山《はちまんやま》。駅からは徒歩五分で、東京都立松沢病院の正門が現れる。

マツザワビョウイン。この語感は、東京都民にとって、きっと独特な響きがあると思う。昔でいえば精神病院。正門から正面玄関へと続くエントランスの横に、病院の沿革が記された石碑が建立《こんりゅう》されている。

松沢病院の歴史は、明治時代に始まった。ただし発祥の地はここではない。上野公園だ。その敷地内に、東京府癲狂院が開設されたのは明治十二（一八七九）年七月。

癲狂院と書いてテンキョウインと読む。癲の字は狂うという意味がある。その癲と狂との組み合わせなのだから、普通なら校閲で絶対に引っかかる。でも東京府癲狂院は固有名詞だ。だからかろうじて、こうして活字にすることができる。

設立されたばかりの癲狂院は、二年後には本郷向ヶ丘（現在の文京区）に、またその五年後には、小石川区巣鴨駕籠町《すがもかご》に移転する。さらに三年後には、癲狂院から東京府巣鴨病院へ改称されている。現在地である世田谷区に移り、名称が東京府立松沢病院となったのは大正八（一九一九）年。まさしく流浪《るろう》の沿革だ。

歓声が響く。次のレースが始まった。五年前、かつてここに入院していた友人に誘われて、僕はこの運動会を初めて見た。そのときは全体に、もっと沈滞した雰囲気だったような記憶がある。走者たちの動きは緩慢どころではなく、燃料切れのロボットのようだった。テントの下で競技を眺めている患者たちも、そのほとんどはぐったりと、ベンチに腰をかけたまま、微動だにしなかったとの記憶がある。

「間違いがあったら大変だから、たっぷりと朝に薬を投与されているのかもしれません」

友人はそう言った。抗精神病薬は確かに、気力を一時的に失わせるなどの副作用はある。でも今、目の前のトラックを走る患者たちは、動作も機敏だし、五年前とは見違えるように、表情にも躍動感がある。

だとしたらこの五年で、何らかの変化が病棟にあったのだろうか。その内実は僕にはわからないが、ただしこの社会の側に、大きな変化があったことは断言できる。

精神障害者による凶悪犯罪が増加したとする世相を背景にして、平成十二（二〇〇〇）年四月に精神保健福祉法が改正された。この年には、少年の凶悪事件が増えたとして少年法も改正されている。ところが実際のところは、少年事件は増えてもいないし凶悪化もしていない。何をもって凶悪と判断するかは微妙だけど、少なくとも少年による殺人事件についていえば、戦後最も多かったのは一九五〇年代から六〇年代にかけての時期だ。その後は急激に減少し、七〇年代半ばからはほぼ横這《よこば》いで、少年法が改正された二〇〇〇年は、ピーク時のほぼ四分の一でしかない。また事件の低年齢化もまったく根拠がなく、統計はむしろ高年齢化を示している。


ところが多くの人はこれを知らない。なぜならメディアが不安や危機ばかりを煽《あお》るからだ。ならばなぜメディアは不安や危機を煽るのか。そのほうが視聴率や部数が上がるからだ。つまり身も蓋《ふた》もない市場原理の帰結。

同様に、精神障害者による事件も、実態とイメージとは大きなギャップがある。統計を見れば明らかだが、触法精神障害者が精神障害者全体に占める割合は、一般人における犯罪者が発生する割合よりも遥《はる》かに低い。

つまりごく一部を除き、精神障害者の大半は、穏やかで善良な人たちだ。こんな言い方をすると、その「ごく一部」が問題なのだと、治安維持や危機管理を訴える人たちは声を荒らげる。

一部は常にある。この社会にだって一部はある。当たり前だ。一部のない全体などありえない。でも今、日本社会はその一部を、少しずつ排除しようとしている。セキュリティの名のもとに抹消《まっしょう》しようとしている。少年事件だけではない。殺人事件全般も、一九五四年のピーク時に比べれば、現在はやはり四分の一近くに減少している。二〇〇七年には、戦後最低の数値を記録した。ところが多くの人はこれを知らない。メディアが報じないからだ。

かつて「放送禁止歌」をテーマとしてドキュメンタリーを作ったとき、人は無限の自由に耐えられないのだとつくづく実感した。放送禁止歌は言ってみれば、「禁忌の共同幻想」だ。ここから先は危険だとの表示は、ここから内側は安全だとの意味と同義でもある。その表示を目にして、やっと人は安心する。多少の制限がないと逆に不安になる。同様に人は、安全であることにも耐えられない。どこかに危険があるはずだと思いたくなる。この曖昧な不安に具体的なレッテルを貼《は》ることができれば、人はもっと安心する。つまり仮想敵だ。冷戦の頃はソ連や中国が、最近ではオウムに始まって北朝鮮の脅威、アルカイダのテロリストなどが、この仮想敵のレッテルに使われる。

このレッテルに、一部の在日外国人や精神障害者、凶悪な少年たちが、「内なる仮想敵」として嵌《は》め込まれた。このダイナミズムが一旦発動すれば、客観的なデータになど、人はもう興味を示さない。危険を煽るほうが部数や視聴率は上昇するから、メディアもこの傾向に加担する。不安や危機を際限なく煽り続ける。

こうして彼らは危険だとの思い込みが、法を変え、システムを変え、意識を変える。つまり彼ら危険な因子を、選別し、排除し、不可視の領域に押し込めて、それで安心を得ようとする。

松沢病院が転々と場所を変遷《へんせん》したように、精神病についてのこの社会の意識も、やはり転々と変遷した。用語だけを見ても、例えば戦後すぐの時期には、「狂人」との呼称は新聞でも当たり前だった。僕が中学生の頃、ジャン＝リュック・ゴダールの映画『気狂《きちが》いピエロ』は普通に公開されていた。やがてこれらの言葉は「精神病者」という用語に統一され、最近のメディアでは「精神障害者」が一般的だ。「精神分裂病」が「統合失調症」に言い換えられたのも、ほぼこの時期に該当する。『気狂いピエロ』がテレビで放映されたときには、タイトルは原題の『Pierrot Le Fou』になっていた。

ならば「精神障害者」なる用語は、この数十年の歴史で吟味しつくされた言葉なのだろうか。僕にはそうは思えない。「障害」という言葉はいずれ問題となる。現に日本中の小中学校では、「障害物レース」という言葉が消えつつある。

言葉には意味が憑依《ひょうい》する。言い換えはすなわち、蓄積された意味の更新だ。だからこの社会に精神障害者への「妄想《もうそう》」が存在するかぎり、定期的に更新は行われる。問題は言葉ではない。社会が抱く偏見であり、偏見を持つがゆえにうっすらと生じる後ろめたさだ。

この後ろめたさは、見ないことや知らないことから派生する。自分たちの生存領域に精神障害者にはいて欲しくないと排除しながら、人は意識の片隅で、不可視の領域に押しこむことへの微《かす》かな疼《うず》きを抱く。だから後ろめたい。だから言葉を変える。メディアの進展によって、その賞味期限はどんどん短くなる。たぶん今後も、その繰り返しは続く。

運動会はまだ続いている。「少し歩きましょうか」と土屋に促されて、病院内を散策した。……「病院内を散策」と僕は今書いた。病院の敷地内を歩くとき、普通は述語として「散策」は使わない。でも広大な敷地に自然が色濃く残るこの病院は、（いろいろ考えたけれど）やっぱり「散策」という言葉がふさわしい。

統合失調症の発症率は、総人口のおよそ一パーセント。この統計は、世界中ほとんど変わらない。百人に一人。決《けっ》して稀《まれ》な確率じゃない。彼らと僕らとのあいだには、実のところは大きな障壁などない。

でもこの社会は、「自分たち」と「彼ら」とを必死に区分する。区分して安心を得ようとする。だから後ろめたい。後ろめたいから視界から外そうとする。不可視の領域に押し込もうとする。そして怯《おび》える。なぜなら不可視だから。実にばかげたスパイラルだ。

明治における近代化の過程は、急速な都市化に伴う農村共同体的社会の解体をもたらし、既存の価値観や制度の大きな変革も同時に進行した。その帰結として多数の社会不適応者が発生し、精神病者も急増した。

家族にこの病を持つ者が現れることは忌避すべきことであり、恥ずかしいことだった。だからこそかつては、座敷牢《ろう》が合法化されていた（精神病者監護法、明治三十三年）。癲狂院と呼称されていた松沢病院が、居場所を転々としていた時代でもある。

敗戦後、GHQ主導のもとで、明治以来の精神病者監護法に代わって「精神衛生法」（昭和二十五年）が制定された。座敷牢は廃止され、精神病者たちは解放された。しかしそれによって生じた切実な問題は、座敷牢から解放された多数の患者の収容先、すなわち精神病院の圧倒的な不足という事態だった。

昭和六十三（一九八八）年には「精神衛生法」が「精神保健法（現在の精神保健福祉法）」と改称された。当時の精神科の病床数は、統計では全国で三十三万（昭和六十年）。国民三百六十人に一ベッドというこの割合は、先進国では群を抜いて多い。患者たちの平均在院日数は五百四十日。欧米は十四〜二十日だから、これも比較にならないくらいに長い。つまり日本では精神障害者が他国より圧倒的に多く、また治癒しないとの見方ができる。

もちろんそんなはずはない。隔離の意識がそれだけ強いのだ。

医学生の頃、あるいは研修医の時代、私は精神病、あるいは精神分裂病という確固たる病気があると信じて疑いませんでした。医学的にも、それが定説でした。たとえば他の内臓疾患のように、精神病にもはっきりとした病気の原因があり、それに伴って脳機能が異常となるものだと常識的に考えていました。今日の精神病に対する科学的な研究も、脳の神経伝達物質の異常など、そういった方向からアプローチが続けられています。

かつて松沢病院に勤めていた岩波明は、その著作『狂気という隣人』（新潮社）の「はじめに」でこう述べてから、以下のように切り返す。

しかし二十年近くの臨床経験を経て、私は必ずしもこうした確信は持てなくなっています。生物学的な背景はあるとしても、正常な精神と「精神病」の間には明瞭《めいりょう》な差異は存在するのだろうか、そこにはごく薄っぺらで曖昧な境界があるだけではないのか、そんな風にも感じています。

岩波のこの疑問は、長くドキュメンタリーという手法で現実を観察してきた僕にとっても、共有できる実感だ。明瞭な色分けは、それこそ仮想世界にのみ可能なのだ。現実は単純ではない。多層的で多面的だ。曖昧で不可分だ。ちょうど今日の天気のように。晴れでもないが雨でもない。曇りかと思えば日が差し込む。この曖昧さは、人の営みの実相でもあるはずだ。

かつてここで一緒に運動会を眺めていた僕の年上の友人は、その十九年前、留学先のパリでクラスメートのオランダ人女性を射殺してその肉を食べ、逮捕後に「日本脳炎の後遺症による精神病的症候群」と鑑定されて不起訴となり、強制帰国の措置を受けた。

フランスの司法では不起訴となったのだから、日本で彼を拘束して再び裁くことはできない。しかしだからといって、帰国したばかりの彼を一市民として遇することもできず、苦肉の策としてそれから一年余り、任意入院という形で彼はこの病院に収容された。

五年前の彼は、もちろん市井《しせい》に生きる一市民だ。ただし就職はできない。特徴のある彼の顔写真は当時、週刊誌やスポーツ紙を賑《にぎ》わせていたし、その顔を記憶する人は今も数多い。世界中から嫌悪《けんお》と憎悪を向けられた彼の罪を、「究極の恋愛感情の果ての行為」と説明する識者も一部にはいた。しかし彼は、このロマンチシズムを徹底的に拒絶した。

「亢進《こうしん》した性欲と強迫観念です。恋慕など欠片《かけら》もありません。阿部定の事件もそうだけど、人はロマンと思い込みたいのでしょうね。でも実際は違います」

僕と彼との関係は、友人であると同時に、ドキュメンタリーの撮影者と被写体でもあった。およそ一年余りの撮影のあいだ、僕と彼とは些細《ささい》なことで喧嘩《けんか》と修復を繰り返し、最後にはとうとう断絶した。回したテープは百時間を超えるけれど、無理に関係性を修復することを僕は選択しなかった。その後彼は雑誌に、「森達也は映画作品『A』において、被写体の発言を作為的に削除してうまくいったと笑っていた」というようなことを書いた。まったく根も葉もない話だった。それからしばらくして、彼から詫《わ》びの手紙が来た。返事は書かなかった。何と書けばいいかわからなかったのだ。

狂人の真似《まね》とて大路を走らば、則《すなわ》ち狂人なり。悪人の真似とて人を殺さば、悪人なり。

『徒然草』第八十五段

兼好法師が残したこの文章を、僕は「人の内面など、他者には永遠にわからない」と解釈する。最近、ロボット工学の最先端の研究者と話す機会があった。「どんなに技術が発達しても、人のような人工知能の実現が不可能であることは、研究者のあいだではほぼ常識となっています」と彼は教えてくれた。

「つまり『鉄腕アトム』や『HAL９０００』は、今後も絶対に現れない。でもそれを公言してしまうと、開発や研究のための予算が削減されるから、踊ったり逆上がりしたりするロボットを、小出しに発表するのです」

彼の言葉を言い換えれば、人の意識活動の根源は、現在の科学や技術の進展のベクトルでは、永遠に解明できないということになる。シナプスとニューロン。電位差と神経伝達物質。脳細胞の活動そのものは、これらの語彙《ごい》を使えば、ほぼ説明できる。でも愛着や嫉妬《しっと》、絶望や希望など、人の高度な意識活動は、このメカニズムを解き明かしたところで説明できない。

「非科学的であることは承知ですが、時おり何かの意図を感じます」

研究者はそう言った。何かとは何か？　神や造物主と呼ばれる存在なのか。とにかく意識はわからない。もしかしたら今後もずっと。精神の病としては代表格のような「統合失調症」ですら、いまだに原因や理由は解明されていない。現段階の最大公約数的解釈は、まずは「認知」のズレが起こるということだ。ガラスでできた円筒で片側に蓋《ふた》があり中身が空洞ならば、僕らはこれをコップと即座に判断する。しかし統合失調症は、その「認知」が少しだけずれる。ガラスでできた円筒形の空洞であることは認知しても、それが水を飲むものだとの判断ができなくなる。同時に自己と外界との境界が、融解してしまうことも特徴だ。

こうしてあるはずのない「幻聴」や「幻覚」が生まれる。聴覚や視覚に異常が生じるわけではなく、認知がずれた脳が、あるはずのない実体を思い描くのだ。人はこれを「妄想」と呼ぶ。

「あるはずのない実体」と僕は今書いた。でも「ある」か「ない」かの根源など、実のところ人には絶対にわからない。感覚器を通して脳内に再現された世界を、僕らは擬似体験しているに過ぎないのだ。それは現実であると同時に現実ではない。僕が見る緑色が、あなたにとっても同じ緑色であることを、人は永遠に証明できない。

薄暗い廊下。屈強な看守たちが、鍵《かぎ》の束を腰にぶら下げて歩きすぎる。明り取りの窓には鉄格子《てつごうし》。異臭が辺りに漂い、時おり呻《うめ》き声が聴こえる。鉄格子の隙間《すきま》からは、襤褸《ぼろ》をまとい長い髪を振り乱した男が、ギラギラと光る凶暴な目線でこちらを睨《にら》み返している。

そんなイメージを、僕たちは精神病棟に抱く。誰も実際に見たわけではない。聞いたわけでもない。もちろんこれも「妄想」なのだ。

何が異常で何が正常なのか、その絶対的な基準など実はない。多数派が正しいとの基準にすがるしかない。だからこそ精神医療の現場は、多数派の利益を保護することを理由に、治療よりも排除、つまり隔離が優先された。共同体内部の秩序や安寧に大きな価値を置く日本型社会では、この傾向がより強く現れることは必然だった。

食堂のテラスで、僕と土屋は遅いランチを食べた。テーブルでは壮年の男性がタバコを吸いながら、ぶつぶつと九九をつぶやいていた。僕はそのすぐ隣に座る。男性のつぶやきがぴたりと停まる。テーブルは他にいくつもあるのに、何でこの人はわざわざ自分の隣に座るのだろうと言いたげにちらりと視線を向けてから、男性はゆっくりと立ち上がって歩き去った。

グランドに戻ると、運動会は終盤を迎えていた。最後の種目である綱引きが始まろうとしていたが、どうやら引き手の数が思うように集まらないらしく、拡声器からはしきりに、「皆さんご協力ください」との声が響いている。

「森さん、参加したら?」

土屋が言う。「運動会の当事者でも病院関係者でもないのだから静かにしていましょう」などとさっきまで言っていたのに、この男は突然、大胆なことを口にする。

「始まります。皆さんご参加ください」

グランドにもう一度その声が響く。僕は立ち上がり、土屋にデジタルカメラを渡していた。グランドの真中で綱を持つ何人かが、早く早くと手を振っている。

綱の両端には、それぞれ八十人ほど。看護師やボランティアも多いが、僕が誘導された左側の端には、重度の患者たちが多かったようだ。何度か仕切り直しがあってから、「イーチ・ニーノ・サン」との掛け声で、綱引きは始まった。

考えたら綱引きなど久しぶりだ。綱を両手に持ち、腰を落としながら僕は全力で綱を引く。

「困ったなあ。卵がついている……」

僕のすぐ前で綱を引いていた若い男性が、顔をしかめながらそう言って綱を放して、しげしげと手のひらを眺めている。

「卵なんか、…ついて、…いませんよ」

必死に綱を引きながら僕は言う。早く戦列に復帰してくれ。このままでは負けそうだ。

若い男性は一瞬だけ不思議そうに僕の顔を見たが、「……そうですね。そんなはずはないですね」と頷《うなず》いてから、再び綱を引き出した。

精神障害は薬の服用でかなり改善される。つまり最大公約数の認知に近づくことができる。でもいまだに、家族を診察させることに対しての抵抗は根強い。

綱引きの結果は一勝一敗。すぐ横にいた初老の男性が、僕に視線を向けると人懐《ひとなつ》っこい笑顔で囁《ささや》いた。

「明日は筋肉痛かな」

第六弾

「微笑《ほほえ》む家族」が暮らす一一五万㎡の森

千代田区千代田一番地

午前中は曇り空。これはいつもどおり。少なくともこの連載の取材の日は、天候については もう期待しないことにしている。気持ちよく晴れた日など、これまでほとんどない。

ところが待ち合わせの皇居桔梗《ききよう》門に着く頃には、気温は少しずつ上がり始め、見上げれば頭上には青い空。まさしく小春日和《びより》の陽気になっていた。

「この連載の取材で、こんなにいい天気は珍しいですね」

玉砂利《じやり》の道を宮内庁《くないちよう》職員に誘導されて歩きながら、土屋が言う。

「理由は明らかですね」

僕の傍らを歩く小林加津子が言う。そういえば前に小林が同行した「東京ジャーミイ」取材のときも、これ以上ないほどの上天気だった。

「しかも今日は美女が二人だし」

小林の重ねてのその言葉に、少し遅れて歩いていた宮川直実が、困ったように微笑《ほほえ》んだ。新潮社の新入社員である彼女も入れて、総勢四人が今日のメンバーだ。写真も宮川が担当する。

「この人、最初は怖くなかった？」

前を歩く土屋を指差しながらの僕のこの質問に、宮川はあわてて首を横に振る。

「そんなことないですよ」

「本当？」

「……ちょっと近寄りがたい雰囲気でしたけれど」

宮川のこの返事に、「そうかなあ」と土屋は不満そうだけど、初めて会ったときは、僕も何となく殺気に近いものを感じたほどなのだから、宮川が近寄りがたい男だと思ったことは当たり前だ。

連載一回目でも書いたけれど、当時の土屋は「新潮45」の編集者だった。その前は「フォーカス」。事件取材ばかりの日常が、殺伐とした雰囲気を醸成していたのだろうか。そういえば書籍担当部署に異動してからの土屋は、確かに人が変わったように穏やかな雰囲気だ。

桔梗門をくぐれば、東屋《あずまや》風の窓明館が見えてきた。中では先に集合していた大勢の人たちが、談笑しながら参観が始まるのを待っている。

「……森さんって、私の父親と同じ齢《とし》なんです」

宮川が不意に言う。少しだけたじろいだ。まあ計算すれば、確かにありえなくはない。今年の同級会では、初孫ができたというクラスメートが一人いた。二十歳過ぎの結婚と早い出産を二世代で繰り返せば、確かに孫がいても不思議はない齢なのだ。

「小林さんは母と同じ齢です」

思わず小林と顔を見合わせる。土屋がニヤニヤと笑っている。ならば土屋は放蕩者《ほうとうもの》の不良な叔父だ。

小春日和の晩秋の昼下がり、東京のど真中に集合した四人の擬似家族は、日本の象徴である家族が暮らす住居を、これから一時間十五分かけて散策する。その距離は二・二キロ。


連載の企画として、皇居を訪ねることは以前から考えていた。でももちろん、そう簡単に訪ねられる場所ではない。そう思い込んでいたら、「一般参観というシステムが、一日二回ありますよ」と土屋が教えてくれた。

参観は無料。条件は十八歳以上であること（十八歳未満については成年者が同伴すれば可能となる）。土日と祝祭日、年末年始などを除けば、午前十時と午後一時半の二回、基本的には希望さえすれば誰もが、皇居内を参観できる。

一回の定員は三百人まで。この日の参観者は二百人ほど。単純計算すれば一日に四百人。毎日これほどの人数が訪れていることに驚いた。皇居内の映像を十分ほど観《み》てから、宮内庁職員らしき制服係官の引率で、一行は参観へと出発した。団体が多い。そして（予想通り）年配者が多い。だから四人の擬似家族は、周囲の雰囲気からは圧倒的に浮いている。前と後ろには引率の係官。そして行列の脇《わき》には複数の皇宮警察官が配備されている。

出発地点である窓明館のすぐ横には、巨大な廃屋が建っている。引率の係官が、「枢密院《すうみついん》です」と説明する。

大日本帝国憲法下における天皇の最高諮問《しもん》機関であった枢密院の創設は明治二十一（一八八八）年。あまり知られていないけれど、初代議長は伊藤博文だ。昭和二十二（一九四七）年、日本国憲法施行と同時に、枢密院は廃止された。

「建物が残っているとは知りませんでした」

僕の言葉に、初老の係官は静かにうなずいた。

「一度は取り壊しが決まったこともあったのですが、当時の中曽根総理が、歴史ある建造物だからと保存を命じたと聞いています」

由緒《ゆいしょ》ある建物を、むやみに壊したり建て替えたりすべきではないと僕も思う。でも結果として取り壊しを免れた枢密院は、その敷地も含めて手入れはまったく施されていないらしく荒れ放題。敷地内の雑草は旺盛に蔓延《はびこ》り、老朽化した建物の窓ガラスは所々が破損している。周囲がしっかりと手入れされているだけに、この一画だけがすっぽりと時空のエアポケットに入ってしまっているかのようだ。

「枢密院ってことは、ここで天皇と元老たちが軍議を開いたりしていたのかな」

「そういうことになりますね」

小林が感無量の表情で頷《うなず》く。宮川は走り回りながら写真を撮っている。気がつくと四人は、行列のいちばん最後にいる。周囲とは明らかに違うこの擬似家族の動きに、皇宮警察官も少しだけ不審そうな表情だ。

ポツダム宣言受諾をめぐる御前会議も、おそらくはこの枢密院の中で行われたのだろう。このときの（つまり最後の）枢密院議長である清水澄《とおる》は、枢密院廃止のその年に、熱海の海岸で投身自殺を遂げた。遺書には、「戦争責任者トシテ今上陛下ノ退位ヲ主唱スル人アリ我國ノ將來ヲ考へ憂慮ノ至リニ堪ヘズ併《しか》シ小生微力ニシテ之《これ》ガ對策ナシ依テ自決シ幽界ヨリ我國體《こくたい》ヲ護持シ今上陛下ノ御在位ヲ祈願セント欲ス」と書かれていた。この報《しら》せを聞いたとき、昭和天皇はどんな思いを抱いたのだろう。

そんなことを考えながら歩いていたら、「猫がいます」と宮川が少しだけ興奮したような口調で囁《ささや》いてきた。見るとお堀の石垣の上に、確かに一匹の猫がいる。

「野良猫もいますし、狸《たぬき》もいますよ」

傍らを歩いていた初老の係官が、のんびりとした口調で教えてくれる。

「狸?」

「ええ、奥のほうにいます」

千代田区千代田一番地。そこには狸が棲息《せいそく》している。最近になって他所《よそ》から移ってきたとは考えづらいから、この地に江戸城が建造されていた頃に、この森に棲《す》みついていた狸の子孫ということになるのだろう。


明治元(一八六八)年、東京に行幸した明治天皇は、東幸中の行在所《あんざいしょ》として江戸城に滞在し、翌年からは居住するようになった。こうして江戸城は皇城となり、明治二十一年以降は宮城と称された。宮城の名称が廃止され皇居と呼ばれるようになったのは、ずっと時代が下った昭和二十三年だ。

皇居内には、天皇皇后両陛下の住居である御所を始め、諸行事を行う宮殿、宮内庁関係の庁舎、紅葉山《もみじやま》御養蚕所などの建物があり、その一角には、桃華楽堂などのある皇居東御苑が設置されている。

だから現在も、天皇の本来の住居は京都御所で、皇居は天皇行幸中の東京行宮《あんぐう》であるとの説もある。つまり明治以降、歴代の天皇はずっと継続して、行幸中ということになる。

皇居の総面積は百十五万平方メートル。東京ドーム二十五個分だ。ついでに書けば、国有財産としての皇居の価値は二千百九十三億円と試算されている。

宮殿が見えてきた。毎年この広大な敷地に何千人もの人たちが集まって、一般参賀が開催される。

平成十七（二〇〇五）年一月二日、手に日の丸の小旗を持つ群衆に囲まれながら、僕はこの宮殿東庭にいた。このときの同行者は、二人の撮影スタッフと、過激な社会風刺コントで知られる劇団「ザ・ニュースペーパー」の劇団員たちだった。

彼らと一般参賀に来たその理由は、憲法第一条をテーマとしたドキュメンタリー撮影のためだった。劇団結成時から彼らが舞台では定番として披露する天皇家の一幕もの風刺コント「さる高貴なご一家」を、この広場で、さらにいえば天皇家の目前でやってもらい、その様子を撮影する予定だった。

しかし結局この企画は、放送する予定だったフジテレビ側から、「手法に違和感がある」との理由で中止を勧告された。ＮＨＫが昭和天皇の戦争責任に触れるドキュメンタリー番組を放送直前に強引に改編し、その背景には自民党の政治家による圧力があったと朝日新聞が報道して大騒ぎになり、さらには朝日とＮＨＫとの泥仕合にまで発展した頃だった。フジテレビとしても、同じ轍《てつ》を踏む前に、番組の制作をやめさせようと焦《あせ》ったとしても不思議はない。というか今にして思えば、オウムを撮ってメディア批判を繰り返す森達也に天皇のドキュメンタリーを撮らせるなど、実現しなくて当たり前だったのかもしれない。

こうして消滅したドキュメンタリー企画の内容を要約すれば、「天皇版・電波少年」という言葉が、いちばんぴったりくる。つまり僕自身が天皇に面会して、直接会話することをドキュメンタリーのエンディングとして想定し、そこに至るまでの過程をメイキングとして、そのままドキュメンタリーの要素にするという趣旨だった。

なぜ直接会うことにこだわったかといえば、特にマスメディアの領域に流通する皇室タブーが、国全体にフィードバックしながら、天皇制に対しての僕らの健全な思いを阻害していると考えたからだ。

天皇家は常に為政者に利用される客体だった。だからこそ彼とその制度をこの国と国民の象徴にするのなら、僕らは彼を自由闊達《かったつ》に思わねばならない。思わないと停止する。彼とその制度はまた利用される。何よりも彼自身が、その危機感を痛切に抱いている。

「いかにもこの都市は中心をもっている。だが、その中心は空虚である」

ロラン・バルトは一九七〇年に発表した著書『表徴の帝国』で、皇居をこう記述した。「禁域であって、しかも同時にどうでもいい場所」とも書いている。敷地や建物はともかくとして、制度そのものすら不可視の領域に押し込めてはならない。日本国と日本国民統合の象徴であるならば、その内実を空洞にしてはならない。そうしなければこの制度は、いつまでも（たとえ人間宣言を歴代天皇が継続して続けたとしても）、為政者に利用されるというリスクを孕《はら》み続ける。

そう考えた僕は、「天皇に会って直接話したい」と思う自分自身を、このドキュメンタリーの主要な被写体にした。僕のその思いが、メディアを中心とするこの国の今の社会環境からどんな干渉を受け、いかに抑圧されるかがテーマだった。

だから（予想された）フジテレビと僕自身との摩擦は、撮影の重要な要素の一つだった。特にフジテレビが作品に難色を示し始めてからは、その打ち合わせの際には、必ずカメラを回して記録した。作品に取り込むつもりだった。

だから摩擦を描くことは予定どおりだったけれど、その摩擦によって作品が磨耗して消える可能性は最初からあった。そして結果としてはそうなった。その意味では仕方がない。要するに僕の予測が甘かったのだ。

「あちらの方角が御所ですよね」

宮城前で、引率の宮内庁係官に、僕はふと訊《たず》ねてみた。その指差す方向に一瞬だけ視線を送ってから、初老の係官は、「そうです」と小さく頷いた。

「今上天皇はどんな方でしょうね」

世間話の延長のつもりでそう話しかけたら、「気さくな方ですよ。よく夜中に話しました」との答えが返ってきた。

「……話されたんですか」

「私、最近退官しましたが、勤めていたころは陛下のお側《そば》にいる役目でしたから、よく夜中に話しました」

「御所で？」

「ええ、御所で。とても気さくで、穏やかで、時おりはお酒を飲んだりしてね。そんなときも、私のつまらない冗談に、ニコニコと笑ってくださる」

「……天皇とお酒飲んだんですか」

「陛下はあまり飲まれません。でもたまにね。外国に行くときはよくお供しましたが、そんなときはホテルで夜中、『起きてますか』とよく呼ばれました」

もっと内輪話を聞きたかったけれど、あまり根掘り葉掘り聞くと怪しまれる。

「すばらしいお人柄ですよ」

もう一回そう言ってから、初老の職員は行列の中ほどに小走りで駆けてゆく。横では宮川が、団体客の一人だった初老の婦人と話し込んでいる。

「一般参観、よくいらっしゃるのですか」

土屋が彼女に話しかける。

「ええ、戦後も奉仕で来たことがあります。でもねえ、ずいぶん中の様子は変わりましたよ。とにかく綺麗《きれい》になりました。あの頃はこんなに清掃も行き届いていなかったです」

戦後、奉仕のためにここを訪れた彼女は、戦中には天皇家に対して、どんな思いでいたのだろう。そしてその思いは、戦後にはどう変わったのだろう。そんな質問をしてみたくはなったが、陽気があまりに穏やかすぎるためなのか、それとも彼女の表情に屈託がなさすぎるからなのか、何だかそんな質問は、発する前から野暮に思えてしまう。宮城を後にした一行は、来た道をゆっくりと戻る。日差しはますます強くなっている。

「それにしてもいい天気ねえ」

擬似母親の小林が、しみじみとつぶやいた。

「本当ですね」

擬似娘の宮川が頷く。

「こんなに気持ちのいい日になるとは思っていなかったですよね」

擬似不良叔父の土屋までが、眩《まぶ》しそうに目を細めながら頷いている。擬似父親である僕も、実はのどかな日差しにうっとりしながら歩いていた。

今この瞬間、宮中に暮らす父と母と子供たちは、何を思い、何を語り、そして何をしているのだろう。やっぱりこの日差しに目を細めながら、「日本晴れですねえ」などと、僕たちと同じようににこにこ頷き合っているのだろうか。

この一般参観に参加して数日後、自民党は憲法草案を決定した。「日本国民は、帰属する国や社会を愛情と責任感と気概をもって自ら支え守る責務を共有」するとしたこの前文を、即位の礼のときに「日本国憲法を遵守《じゅんしゅ》して」と発言した今上天皇は、どんな思いで読んだのだろうか。

その瞬間に、カメラを持った自分が傍にいることを、僕は時おり夢想する。残念ながら夢想で終わる。実現はしない。不可視はそのまま残される。本音を言えば今も悔しい。絶対に面白い作品になったのに。小春日和《びより》の一日。擬似家族はきっちり一時間十五分で解散し、居酒屋へとなだれ込んだ。

第七弾　隣人の劣情をも断じる「大真面目《おおまじめ》な舞台」

千代田区霞が関一丁目

十二月九日の朝、二日酔いの頭でぼんやりしていたら、携帯電話の着信音が鳴った。朝日新聞社会部の記者からだった。

「朝から申し訳ありません。今日、立川反戦ビラ撒《ま》き事件の二審判決があるのですが、森さんはご存知でしたか」

「いえ、知りませんでした」

僕は即答した。だって最近は、新聞もほとんど読んでいないし、テレビも観《み》ていない。オウムの映画を撮ったりメディアの批判本を書いたりしているから、社会派とよく間違われるが、実は事件や社会の動きについての関心はきわめて低い。でも判決についてはは知らなかったけれど、この事件の概要くらいは知っている。

平成十六（二〇〇四）年二月、東京都立川市の防衛庁宿舎で、自衛隊のイラク派遣に反対するビラをまいた市民運動家三人が、住居侵入の容疑で立川署に逮捕された。

一審では「三人のビラ配布は憲法が保障する政治的表現活動のひとつであり、住居侵入罪の構成要件には該当するが、刑事罰を科すほどの違法性はない」との判断で、全員無罪の判決を受けていた。当然のように検察側は控訴して、その二審判決が、今日の午前中に出るのだと彼は説明した。

「その判決によっては、コメントをいただけますでしょうか」

「判決によっては、って、じゃあ二審では逆転する可能性があるということですか」

「何ともいえません」

電話を切ってから一時間後。出かける仕度をしていたら、再び携帯が鳴った。

「二審逆転有罪です」

コメントしようにも、正直なところ茫然《ぼうぜん》としてしまって考えがまとまらない。裁判長は、三人の行為は住居侵入罪にあたるとし、「ビラによる政治的意見の表明が保障されるとしても、宿舎管理権者の意思に反して立ち入ってよいことにはならない」と述べて一審判決を破棄。三人それぞれに、罰金二十万円または同十万円とする有罪判決を言い渡した。

宿舎管理権者の意思に反するとしての有罪宣告だが、宿舎管理権者と居住者との意思はイコールではない。何よりももしも三人の市民運動家が、不動産の広告チラシや宅配ピザのチラシをポスティングしたのなら、逮捕などはありえない。つまり有罪とされた行為は住居侵入ではなく、イラク派兵に異を唱えたことになる。そう考えれば、別に珍しい事例ではない。平成十六年三月には、『しんぶん赤旗』号外などを勤務時間外に配布していた社会保険事務所に勤務する男性が、国家公務員法違反の容疑で逮捕された。杉並区の公園のトイレに「戦争反対」などと落書きした会社員が、建造物損壊の容疑で起訴されたことも記憶に新しい。

別件や微罪逮捕は、どう考えても冤罪《えんざい》としか思えない狭山事件を筆頭に、事例としては昔からあった。でも少なくともオウム事件以前は、令状主義に反するこの手法が、これほどに堂々と為《な》されることはなかったはずだ（地下鉄サリン事件直後、村山富市首相は行われるべき捜査について、「別件逮捕などあらゆる手段を用いて」と発言した）。こうしてセキュリティへの希求や治安強化を潤滑油に、例外はいつのまにか慣例となり、この社会は少しずつ、でも確実に変質してゆく。特に刑事司法は、厳罰主義を強める世相に迎合するように、この十年でとても大きく変わった。

そんな内容のことを携帯に向かって喋《しゃべ》ってから、僕は家を後にした。もちろん偶然だけど、この番外地の取材で裁判所に行く日にこの判決が下ったことは、何だかとても示唆《しさ》的だ。

地裁の正面玄関前で待っていた土屋眞哉は、いつものように黒のスーツに黒いネクタイ、そして今日は、黒いコートまで羽織っている。とにかく夏も冬も、この男はオールシーズン黒一色だ。

「まずは昼飯を食いましょう」

土屋に促されて、地下一階の食堂に降りる。時刻は十二時四十分。ピークは過ぎたはずだけれど、まだまだ食堂は混雑していた。食券を買ってのセルフサービス。僕はカレーライスと水。土屋は豚肉のトマト煮がメインディッシュの定食。スープに副菜も三つほど付いている。つくづく場を読めない奴《やつ》だ。作家がカレーライスなのだから担当編集者はラーメンあたりにすべきじゃないか。そう言ってやろうかと思ったけれど、まったく悪びれた様子がないので言うだけ無駄だと思ってあきらめた。値段は官公庁の食堂にしてはやや高め。カレーの味はまあまあ。

この連載の毎回のテーマは、土屋と僕の二人で決めている。法廷で裁判を傍聴しましょうと提案したのは土屋だった。ただしメディアや国民が注目するような大きな事件ではなく、たとえ結審したとしても新聞紙面に載らないような小さな事件の裁判だ。要するに描きたいのは、人が人を裁く法廷という場についてだ。

だからこの食堂も、取材要素のひとつだった。カレーを半分くらい食べてから、僕は周囲を見渡した。

「法服って言うんだっけ？　あの、裁判官が着ているヒラヒラのついた昔のヨーロッパの貴族のような服、あれを着た人はさすがにいないね」

「だってあれを着て昼飯は食べづらいでしょう」

そう言って笑ってから、「そういえばあの法服は、なぜ黒なのか知っていますか」と土屋が訊《き》く。

「知らない」

「黒は何にも染まらない。だから公正さを表しているんです」

「なるほど」

「僕と同じですね」

無視して僕はカレーを食べる。黒は染まらないのではない。染まってもよくわからないのだ。まさしく今の司法を象徴している。

受付のテーブルの上には、この日に予定されている裁判がすべて記載された開廷表が置いてある。この日に東京地裁で開かれる法廷は、刑事事件だけで百一ある。膨大な数だ。とてもじゃないが全部には目を通せない。そりゃそうだ。東京中の主な事件は、（東京地裁立川支部と家庭裁判所や簡易裁判所で扱われる事案は別にして）少なくとも一度はここに来る。無差別大量殺人事件も万引きも、その意味では平等だ。開廷表に記載されているのは、裁判の開始時間と終了時間。被告と裁判官の名前、そして容疑となった罪名と法廷の番号だ。

目につくところでは殺人事件は一件だけ。でも午前中で終わっている。覚せい剤所持、わいせつ図画所持など、時間的に都合のよさそうな法廷を幾つか選んでメモしてから、二階の記者クラブに足を向ける。廊下を歩いていたら、旧知の読売新聞の記者から声をかけられた。

「今日は何の取材ですか」

「取材というか、……見学です。今日は何か注目すべき法廷はありますか」

「午前中は例の立川ビラ撒き事件の判決があったけれど、今日はそれくらいですね」

「逆転有罪、どう思います？」

「……実は多少の予想はあったんです。でもあの裁判長はリベラルなことで知られている人なんです。だからね、この判決には余計に驚きました」

そうつぶやく記者の表情には、確かに戸惑いが現れていた。今のこの治安強化に対してはどちらかといえば肯定的な読売だけど、さすがに現場の記者たちは、この傾向が加速することに不安を感じているようだ。

でもおそらくは、個々の記者やディレクターたちの不安や煩悶《はんもん》は、紙面やテレビニュースにはほとんど反映されない。なぜなら不安や煩悶などの曖昧《あいまい》な領域は、報道にはなかなかそぐわない。読者や視聴者が求めるのは、単純でわかりやすい結論なのだ。明快な述語を使わないと、視聴率や部数はあっというまに激減する。この傾向も、オウム以降とても強くなった。

こうして世論が形成される。気づいたときにはもう遅い。

刑事司法における近年の最も大きな変化は、「疑わしきは被告人の利益に」との格言に象徴される「無罪推定原則」の衰退だ。

無罪推定原則は、大きくは二つに分けられる。メディアと法廷だ。

メディアにおける無罪推定原則は、この国ではほとんど守られていない。容疑者や被告人は、ほとんど犯人としての扱いで、顔や名前が当たり前のように報道されている。

そして何よりも、法廷における無罪推定原則も、現状ではほとんど機能していない。検察官（被害者・遺族）VS弁護人（加害者）というふうに刑事司法を規定する人は多いけれど、実はこれは間違いだ。両者の関係は対等ではない。法廷における無罪推定原則は、検察側に罪の立証責任を負わせている。つまりいかに弁護側が支離滅裂であったとしても、検察が被告人の罪を立証できないのなら、その時点で被告人は無罪とされるべきなのだ。

これを言うと、「それでは被告側ばかりが有利ではないか」と言う人が必ずいるけれど、冤罪と誤判を長く繰り返してきた歴史を踏まえた近代司法が、やっと辿《たど》り着いた最大のルールが無罪推定原則だ。それなりの必然と根拠がある。簡単に蔑《ないがし》ろにされては困る。でも最近の判決は、まさしくこの原則を簡単に蔑ろにしているものばかりだけど。

記者と別れてから、最初に傍聴するつもりだった「覚せい剤所持」裁判の開始時間を過ぎていることに気がついた。あわてて五階の法廷に急ぐ。扉の小窓から中の様子を見る。審理はもう始まっている。でも傍聴には遅刻はない。そっと中に入る。傍聴席には五人。そのうち三人は、服装や髪型から、一目でその筋とわかる人たちだ。証言台には被告人であるジャージ姿の若者が立ち、じっと俯《うつむ》きながら、裁判長の言葉を聞いている。

「……被告人は今後も、所属する暴力団をやめるつもりはないとのこと。その意味では改悛《かいしゅん》の情があるとは思いがたい。ただし覚せい剤所持については反省しているとのことで……」

正面に座る裁判長は、ここで言葉を区切る。

「被告人は二度と覚せい剤を所持しないと約束できますね」

証言台の被告人が、ぴょこりと頭を下げる。この日の審理はここまで。次回は判決らしい。二人の刑務官が立ち上がり、被告人に手錠をかけ、腰縄を腹に巻く。そのあいだ被告人は落ち着かない。傍聴席を何度も振り返り、おそらくは組の兄貴分である三人の男たちに、にこにこと笑いかけている。

次の裁判は強盗傷害だ。傍聴人の数は（偶然だけど）やっぱり五人。被告席には、二人の刑務官に挟まれて、やはりジャージ姿の中年男が座っている。よくよく見れば、コールマン髭《ひげ》がよく似合うけっこう端正な顔立ちだ。ジャージ上下ではなくダブルのスーツ姿なら、一流企業役員と紹介されたとしても、きっと違和感はないだろう。

起立した検察官が、事件のあらましを読み上げる。サラ金に三百七十万円の債務を抱えた被告人は、エアガンを手に郵便局を襲撃したが、結局は金を奪えずに逃走し、その際に一人の郵便局員と揉《も》み合いになり軽傷を負わせ、通報で駆けつけた警察官に現行犯逮捕された。

裁判長が被告人に、この内容に間違いはないかと訊《たず》ね、被告人はあっさりと「はい」と答える。ここで検察官は、ビニール袋に入れたエアガンをとりだした。

「これは、あなたが使ったエアガンに間違いはないですか」

立ち上がった被告人は、「間違いありません」と頷《うなず》いた。被告人の後ろに座る弁護人も、ずっとメモを取るばかりで発言しない。どうやら事実関係においては、争うつもりはないようだ。

傍聴席の前には、大きなテレビが画面をこちらに向けて置いてある。事務官がビデオテープを検察官から受け取る。郵便局に設置された防犯カメラの映像だ。だから音はない。サングラスにマスク姿の男が、カウンターの向こうで何やら喋《しゃべ》り続け、局員がその前を右往左往している。時間にすれば十分ほど。音が欠落しているためか、何となくのんびりとした情景だ。

「この映像に映っている男は被告人、あなたですか」

裁判長のその質問に、被告人は「はい、私です」と短く答える。とにかくあっさりしている。映像に新しい発見があるわけでもない。

審理はここまで。でも裁判長も検察官も弁護人も、席をまだ立たない。次の公判の日程を決めるためだ。裁判長が日時を提案するが、スケジュール帳を手にした検察官と弁護人によって交互に、「その日はダメです」と否定される。このやりとりは十分ほど続いた。その間被告人は椅子《いす》に座りながら、じっと宙の一点を凝視している。

三者の都合がどうしても嚙《か》み合わず、最終的に次の法廷は一月に決まった。つまり年を越す。もう一度日程を述べてから、「被告人は了解しましたか」と裁判長が訊ね、被告人はこっくりと頷いた。

立ち上がって刑務官に腰縄を巻かれている被告人の穏やかな表情を傍聴席で眺めながら、彼はこれまで、どんな人生を送ってきたのだろうと考える。

彼が生まれてきたときは、まだ若い父と母はどれほどに喜んだのだろう。幼稚園には行ったのだろうか。どんな小学生だったのだろう。少年野球はやっただろうか。初恋はいつだろう。ラブレターは書いたのだろうか。部活は何をやっていたのかな。成績はまあまあのはずだ（根拠はないけれど）。どんな未来を思い描いていたのだろう。どんな大人になろうと考えていたのだろう。

……全部憶測《おくそく》だ。僕が彼について知っていることは、名前と、サラ金に三百七十万円の借金があったことと、エアガンを手に郵便局に押し入って結局は何も取らずに逮捕されたことだけだ。いや、もう一つあった。子供の頃の彼は、こんなふうに手錠に腰縄姿で裁きを受ける自分を、決して想像はしていなかっただろう。

一階に降りて開廷表をもう一度チェックする。三時から四一〇法廷で、「強制わいせつ」の初公判がある。今の時刻は午後二時五十分。ちょうどいい。エレベーターに乗って四階に向かう。

傍聴席に腰を下ろして周囲を何度見回しても、被告人らしき男がどこにもいない。不思議に思いながらきょろきょろしているうちに裁判が始まった。同時に、背広姿の男が突然立ち上がった。手錠も腰縄もつけていない。両隣に座るはずの刑務官もいない。だから弁護人の一人だとばかり思っていたが、どうやら彼が被告人らしい。

検察官は若い女性。傍聴席は僕と土屋を入れて十人前後。四十一歳になった被告人は大阪在住の会社員で、在日韓国人でもある。

平成十七年十月、出張のために東京を訪れた被告人は、その日は所沢のビジネスホテルに宿泊し、翌朝の埼京線最後尾車両で若い女性に痴漢行為を働き、その女性の訴えで現行犯逮捕された。その後に二百万円の保釈金を支払い保釈となった。手錠腰縄がないのはそのためだ。

なお被告人は今回が初犯ではなく、平成九年と十二年に、大阪府迷惑防止条例違反

（臀部《でんぶ》を触ったなどの痴漢行為）で、それぞれ罰金刑を受けている。

床の一点を凝視しながら、被告人はほとんど動かない。年のころは二十代後半という感じの検察官は、そのままテレビの法廷ドラマに出演しても違和感がないほどに美《び》貌《ぼう》の女性だった。白状するけれど、起訴状を朗読する彼女が「陰部」と発音するたびに、僕は傍聴席で少しだけドキドキしながら身を硬くしていた。

弁護人は誠実だけど気の弱そうな中年男。彼もまた、事実関係については争う気はないようだ。ここで証人が呼ばれる。僕の前の椅子に座っていた中年女性が立ち上がる。被告人の妻だ。

弁護人はこの妻に、被告人の家の経済状況を中心に、家庭環境をいろいろ質問した。被告人の収入は手取りで月二十八万円前後。子供は二人。被告人の実の両親も同居しているが、在日一世である二人とも年金はもらっていない。年老いた父は末期の肝臓癌《がん》でもある。被告人の稼ぎだけでは当然ながら生活は厳しく、妻は地元のダイエーでレジ打ちのパートをしていたが、二ヵ月前に閉店したため失職した。事件を起こした夫は会社から解雇されるかもしれないが、今のところはまだ、その通達はない。

「……私は女ですから、どうして夫がこんなことを繰り返すのか、その理由はよくわかりません。二回目のときは、私が妊娠中で彼の求めにほとんど応じなかったことも、要因のひとつだと思います。そのときは離婚を考えましたが、家では本当によい父親であり、良い夫なんです。三回目がもしあったら離婚すると言ってきたのですが、……今は許そうと思っています。子供たちは九歳と五歳です。まだ幼いので話していません。逮捕されたときは、出張でしばらく家に帰ってこないと説明しました」

とてもしっかりとした女性なのだろう。弁護人の質問にはきはきと答えていたが、子供の話になったとき、突然彼女は嗚咽《おえつ》した。

傍聴席に座りながら僕は、まずはこの身も蓋《ふた》もないほどの個人情報の開示に圧倒されていた。収入から夫婦の性生活の現状、さらに犯行当日、被告人が痴漢行為を働く前に駅で大便をしたことまで暴露されている。でも彼は抗《あらが》えない。当たり前だ。悪いことをしたのだから。

そうは思いながらも、僕は何だかむずむずと落ち着かない。ずっと考えている。彼がこの場で裁かれている罪の根源的な動機は、彼が抱え続けている性欲なのだということを。

……ならば僕にもある。身動きできないほどの満員電車のなかで、たまたますぐ前にいた若い女性の臀部に腰が密着してしまい、あわてて両腕を（誤解されないように）上げながら、血液の流れが股間《こかん》に集中しかけたことは一度ならずある。女性の読者にはきっと怒られるとは思うけれど、そんな記憶があるからこそ、傍聴席に座りながら、どうにも居心地が悪いのだ。

もちろん性欲は誰にでもあるが、実際に痴漢行為に及ぶか妄想《もうそう》に終始するかの違いは大きい。人を殺す妄想を人は裁けない。実行したときに人は初めて裁かれる。痴漢だって同様だ。それはわかっている。わかってはいるけれど、今目の前にいるこの中年男に、「許せない」とか「卑劣な」などと声を荒らげることが、僕にはどうしてもできない。だって僕と彼との本質的な違いは、明確なものではなく濃淡なのだ。女性検察官は「劣情」と何度も口にした。彼が裁かれるその理由に彼の劣情があるのなら、その劣情は僕にもある。だから僕は落ち着かない。

ここで検察官は、被害女性の意見書を読み上げた。「こんな薄汚い男に触られて、本当に悔しい」と彼女は訴えていた。僕の席からはその背中しか見えなかったけれど、「薄汚い男」とまで夫を面罵《めんば》された妻は、証言台でどんな表情をしていたのだろう。

妻に代わって証言台に立った男は、弁護人の質問に答える形で、これまでも東京に来るたびに何度か痴漢行為に及んでいたことを認めた。大阪では自転車通勤で仕事の移動は会社の車を使うから、電車に乗ることはめったになく、出張で上京するたびに、痴漢行為を繰り返していたことも認めた。明らかに不利な証言だが、認めることは認めてしまおうとの気配はあった。

弁護人の質問が終わった。美貌の女性検察官が立ち上がる。その最初の言葉に、僕は少しだけ耳を疑った。

「えーとね」

彼女はまずそう言った。文字にしてしまうとわかりづらいけれど、たとえば小学校の女性教師が、クラスの悪ガキを叱《しか》るときのような、そんな口調を思い浮かべてくれれば近いかもしれない。

「えーとね、あなたはさっき、つい出来心でのようなことを言ったけれど、それは確かなわけね」

「……」

「どうなんですか」

「はい。……確かです」

「ああそう。ふーん。でもね、あなたはこの日の朝、所沢から池袋に行くのに、なぜわざわざＪＲを使ったのかしら」

「……」

「所沢から池袋に行くならば、西武池袋線に乗ったほうがずっと早いし料金も安いのよ。それは知らなかったの」

「……はい。知りませんでした」

「ふーん。じゃあ聞くけどね」

　これ以降、彼女はこの調子で、被告人の証言の矛盾を突いてゆく。過去にも、わざわざ遠回りとなる路線を、被告人は何度も使っている。さらには犯行当日も、午前七時半にホテルを出たと取調べでは供述していたが、七時三十五分に池袋駅に入場している。つまり明らかな嘘《うそ》をついている。なぜこれほどに事実関係がわかるかと言えば、「Ｓｕｉｃａ」の履歴を照合したらしい。傍聴席で身を硬くしながら、やっぱり「Ｓｕｉｃａ」を使うのはやめようと、僕はこっそり考える。

　被告人はもはやほとんど反論しない。つまり弁護人が主張するように、たまたま満員電車に乗って劣情を刺激されたのではなく、混雑が激しくて痴漢しやすい埼京線を狙《ねら》って乗った計画的な犯行であることを、「えーとね」と「ふーん」とを駆使しながら、女性検察官は実に鋭く、そして厳しく指弾した。被告人は項垂《うなだ》れるばかりだ。質問を終えた女性検察官は、やや高揚しながら満足そうな表情で着席し、裁判長が身を乗り出した。

「今まで二回も捕まっているのに、どうしてあなたは痴漢をするの？　被害者の気持ちを考えないの？」

口調が妙に子供っぽい。こういう喋《しゃべ》り方をする裁判官は時おりいるけれど、女性検察官の口調の印象も相まって、何だか裁判が小学校の反省会のような雰囲気になってきた。

「申し訳ありません。もしも娘がそんな目にあったとしたら、私はすごく怒ると思います。もう絶対にしません。約束できます」

心残りではあるけれど、僕はここで法廷を後にした。どうしても外せない約束があったのだ。傍聴席のすぐ後ろに座っていた土屋に、「僕は行くけれど、最後まで見届けて欲しい」と囁《ささや》けば、彼もそのつもりだったらしく、こっくりと頷いた。

その後の経過を、後に残った土屋の報告を基調にしながら、以下に記す。

論告求刑で検察官は、再犯の恐れが高いことを理由に懲役二年を求刑した。これに対し弁護人は、著しく反省していることと、彼がもし実刑を受ければ家庭が経済的に困窮すること、また今後は妻が監督することを誓っており、もしも解雇されなければ、東京への出張はないように会社に頼むつもりであることを説明し、執行猶予《ゆうよ》を主張した。

裁判長に促されての被告人の最後の言葉は、「申し訳ございませんでした。もう痴漢行為はいたしません。満員電車にも乗りません」だったという。満員電車にもしも乗ったら、また劣情を催してしまうことを認めているようで、それが何だか気にかかる。でも同じ劣情を抱えている身としては、確かに満員電車が刺激的であることは否定できない。

土屋からのメールは、以下の文章で結ばれていた。

閉廷後、最後に出て来た被告人夫婦とエレベーター前で遭遇しました。弁護士が「帰りは東京駅からですか」と無表情に声をかけていました。傍聴人たちが乗りこんできたからか、そのエレベーターに夫婦は乗りませんでした。一階でしばらく待っていたところ、まもなく夫婦だけで降りてきて、出口のほうへ向かいました。二人は特に会話するわけでもなく、肩を並べて歩きながら、そのまま人ごみの中へ消えていきました……。

第八弾　「荒くれたち」は明日も路上でまどろむ

台東区清川二丁目

頭の上に鳥がいる。

地上二・五メートルくらいの立ち木の枝。大きさは小型のカラスくらいのその鳥は、造形からすると南国のオウムのようだ。ただし色はない。かつてはあったかもしれないけれど、幾つもの季節に晒《さら》されたことを物語るように、色はすっかり抜け落ちて、地肌には木目が露出している。

色のないオウムがとまる立ち木の毛細血管のような枝の隙間《すきま》から、雲ひとつない抜けるような青空が見える。日本海側は大雪らしいけれど、東京は相変わらずの晴天続きだ。

ただし寒い。半端じゃなく寒い。十二月の日本列島は、戦後最低の温度を各地で記録した。年が明けてまだ間もないけれど、寒波は今も続いている。じっとしているだけで、身体の芯《しん》が凍えてくる。目を凝らして見ると、木製のオウムの足は、立ち木の枝に細い針金で、しっかりと結ばれている。しかし結び目は見当たらない。枝の下に回りこんでみたが、やっぱりわからない。相当に手の込んだ仕事のようだ。

山谷地区の中心にある玉姫公園。敷地はほとんど青いビニールシートで占められている。この地に流れ、棲《す》みついた男たちに、雨の日も風の日も立ち木の上にいるこのオウムのオブジェは、どんな安らぎを与えてくれるのだろう。

「……誰があんなところに括《くく》り付けたんでしょう?」

僕の声に、すぐ傍らに置かれたキャンプ用のテーブルセットで囲碁を打っていた四人の男たちが、一斉に振り向いた。でも答えはない。数秒の間を置いてから、碁石を手にしたアポロキャップに髭面《ひげづら》の男が、「知らねえなあ」と小声でつぶやいた。

「前からあったよ」

「じゃあ、誰か、ここに以前住んでいた人がやったのかな」

言ってから僕は、傍らのビニールシートで覆《おお》われた住居にチラリと視線を送る。

「住んでいた」というフレーズを口にするとき、少しだけ躊躇《ちゅうちょ》があった。一般的な呼称としては路上生活者とかホームレスなどと呼ばれている彼らに対して、「住んでいた」は多分適当な述語ではないはずだ。でも他に言い方も見つからない。

ワンカップの日本酒を手にしながら碁盤を眺めていた一人の年配の男が、ゆっくりと立ち上がると何かを言った。視線は僕に向けられている。ところが発音がおそろしく不明瞭《ふめいりょう》だ。「何ですか」と僕は聞き返す。男はもう一度言う。

「ごめんなさい。よく聞こえない」

そう言いながら僕は男ににじり寄る。これを三度ほど繰り返した。男は相当に酔っているようだ。すぐ傍《そば》まで近づいたが、やっぱり何を言っているかわからない。

困ったように男は吐息をつく。碁盤のうえに屈みこんでいたアポロキャップの男が、「こんな正月に、お兄さんはどこから来たのかって聞いているんだよ」とつぶやいた。

「僕は千葉からです」

少し離れたビニールハウスから、男が這《は》い出してきた。この寒空にシャツ一枚とブリーフ姿だ。年の頃は六十代。今起きたばかりらしく、男は大きく伸びをしながら欠伸《あくび》をした。一瞬だけ視線が合った。思わず外す。自分が取材者の顔をしていなかったかと気にかかる。

見渡せば、公園の敷地いっぱいに広がるビニールハウスのそこかしこから、男たちがごそごそと這い出している。小さな滑り台は、色とりどりの洗濯物で満艦飾だ。僕はもう一度デジタルカメラを構え、立ち木の上に括り付けられたオウムのオブジェを写真に撮る。正確には撮るふりをする。実はもう電池切れなのだ。でもこのオウムに惹《ひ》かれているという自分を装《よそお》わないと、男たちに対してどうしても後ろめたい。

山谷に集まる男たちのほとんどは、一泊二千円前後のドヤに宿泊する。でもこの公園に集まる男たちは、ドヤにすら泊まれない路上生活者だ。山谷の言葉ではアオカンという。

「兄さん、仕事は何だ？」

咥《くわ》えタバコの初老の男が話しかけてきた。答えようとして一瞬、口ごもった。そもそもは普段から、自分の仕事を手短に説明できない。最大公約数的には「ノンフィクション作家です」が妥当だとは思うけれど、相手や場所によっては、「映画監督です」というときもあれば、「テレビのディレクターです」と答えるときもある。こう書くといかにも多芸を自慢しているように思われるかもしれないけれど、ベストセラーを書いたわけではないし、映画がヒットしたわけでもない。要するに中途半端なのだ。

「放送関係か」

男はいきなりそう言った。一瞬、返事に詰まった僕は、思わず男の顔を見つめ返す。

前歯が二本とも欠けている。

「……以前はテレビの仕事をしていました。でも最近は、文章のほうが多いです」

「ライターか」

「はい。……詳しいんですね」

いきなり放送関係などと見抜かれたことだけではなく、ライターという言葉を知っていることも驚きだ。もしかしたらこの男も、以前はメディア業界にいたのだろうか。あるいは取材されたことがあるのかもしれない。大事そうに抱えていたビニール袋から、男は缶チューハイをとりだした。左手の小指と薬指が欠損している。僕は目を逸《そ》らす。歯や指の欠けた男はここでは珍しくはないけれど、それでもやはりまじまじと直視はできない。嫌悪《けんお》や恐怖じゃない。たしなみの問題だ。

「兄さんも飲むか」

「いえ、ちょっとまだ……」

「缶コーヒーならいいか」

「あるんですか」

「おおい！　タケちゃん！」

男は不意に大声を上げる。ビニールハウスから出てきたばかりの男が、眠そうに「ああ?」と返事をする。

「金渡すからさ、チューと酒、十本ほど買ってきてくれ。あとこの兄ちゃんに缶コーヒーと」

「いいです。僕の分は自分で払います」

あわてて小銭を差し出したが、男は受け取らない。タケちゃんと呼ばれた男は十分ほどで戻ってきた。男たちは当然のようにその酒を飲み始めた。渡された缶コーヒーは、冷えきった指の先をじんわりと暖めてくれた。


ＪＲ常磐線を南千住駅で降りて、浅草方面に向かって吉野通りを五分ほど歩けば、明治通りと交差する。四本の信号機には、「泪橋《なみだばし》」の表示がある。通称「泪橋交差点」だ。

世界には二種類の人がいる。泪橋と聞いて、思わず膝《ひざ》を乗り出す人と、まったく無反応な人だ。膝を乗り出す人は言うまでもなく『あしたのジョー』を読んだ人。だから僕の世代が多い。

ジョー（本名は矢吹丈）が住み着いていたのは、まさしくこの地域だ。ちなみに漫画では、「泪橋」という木造の小さな橋の下に、丹下拳闘《けんとう》ジムがあった。ドヤに住む子供たちやマンモス西、乾物屋の紀《のり》ちゃんなどを引き連れて、ジョーはいつもこの橋を渡っていた。

実際には、泪橋という橋は存在しない。ただし江戸時代にはあった。隅田川から現在の三ノ輪方面に用水路が掘られていて、奥州《おうしゅう》街道に向かう道と交差するところに橋が架けられていた。浅草方面からこの水路にかけられた橋を渡ると、当時は「仕置場」と呼ばれた千住小塚原《こつかっぱら》の処刑場に辿《たど》り着く（今の回向院《えこういん》あたり）。処刑場に運ばれる囚人たちが橋の上で泣き、これを見送る家族や近親者たちも橋の手前で泣いたとの言い伝えが、「泪橋」の名称の由来だという。

その泪橋交差点を過ぎると、路上をうろつく男たちが急に多くなる。路地を一本入れば、男たちの密度はさらに濃くなった。道の両側には、一泊二千円前後の簡易宿泊所が並んでいる。

かつて「山谷」は、荒川区南千住から台東区清川、さらに東浅草一帯の地域を指す名称だった。でも今は、この呼称は正式な地名ではない。行政用語としては抹消《まっしょう》されている。だから山谷は通称だ。ちなみに男たちは簡易宿泊所なる用語は使わない。宿をひっくり返したドヤだ。消えてしまった泪橋といい、何だか通称だらけの地域だ。

路地の突き当りを曲がると、路上で数人の男たちが酒盛りをしている。歩く男たちのほとんども千鳥足だ。別に正月ならではの光景ではない。山谷はいつもこうだ。

「ヤマに来て、いきなりアオカンじゃ哀《かな》しいだろ」

車座になった男たちの横を通るとき、そんな言葉が聞こえてきた。この地を話題にするとき、男たちは通称である山谷すら使わずに、ヤマと発音する。

この地では、ひとつの実体に対して幾つもの呼称が存在する。要するに符丁だ。でも業界用語的な軽薄な雰囲気はない。必死で言葉を更新しようとしてきたかのような歴史がある。人前であっさりと口にすることへの躊躇《ためら》いがある。じっと耳を澄ませば、軋《きし》みのような音が聞こえてくる。ただし人の営みは、パソコンのようにデジタルに更新はできない。だから時おり、小さな綻《ほころ》びから何かが滲《にじ》む。古い地層が突然現れる。

泪橋が文字通りの橋だった江戸時代、山谷は日光街道と奥州街道への入り口となる宿場として発展した。第二次世界大戦終了時、焼け野原となった都内に溢《あふ》れた被災者たちは、上野周辺に集まった。治安への影響を危惧《きぐ》したGHQは、東京都に被災者の援護を要請し、山谷地域には数多くのテントが設営された。

戦後復興が始まり、建築などの労働者需要が増加するに従い、この仮の宿泊施設は、労働者のためのベッドハウスへと建て直されてゆく。こうして山谷は、日本最大の寄せ場（日雇い労働力の売買行為がまとまっておこなわれる場所、あるいはその場所を持つ地域）へと成長してゆく。

やがて時代は高度成長期を迎え、特に東京オリンピック開催（昭和三十九年）に向けて進められた都市基盤の建設・整備に、山谷地域の日雇い労働者たちは大きく貢献した。時代は石炭から石油へと移行する端境期《はざかいき》でもあり、炭鉱閉山で職と住を失った男たちや、在日朝鮮人や被差別階層の人たちなども含め、全国から仕事を求めて男たちがやってきて、最盛期には三百軒以上の簡易宿泊施設に、二万人もの労働者が集まっていた。一泊千円台のベッドハウスに加えて、二千円台のビジネスホテルが軒を連ね、三階建てのマンモス交番には常時五十人近くの警察官が待機し、泪橋交差点脇《わき》の居酒屋は、当時日本一の売り上げがあったという。

「山谷ブルース」
今日の仕事はつらかった
あとは焼酎《しょうちゅう》をあおるだけ
どうせどうせ山谷のドヤ住まい
ほかにやることありゃしねえ
一人酒場で呑《の》む酒に
かえらぬ昔がなつかしい

泣いて泣いてみたって何になる
今じゃ山谷がふるさとよ

工事終わればそれっきり
お払い箱のおれたちさ
いいさいいさ山谷の立ちん坊
世間うらんで何になる

人は山谷を悪く言う
だけどおれ達いなくなりゃ
ビルもビルも道路も出来ゃしねえ
誰も分っちゃくれねえか

だけどおれ達ゃ泣かないぜ
はたらくおれ達の世の中が
きっときっと来るさそのうちに

その日は泣こうぜうれし泣き
岡林信康　作詞作曲

時代は政治の時代でもあった。高度成長が停滞し始める頃、労働者としての権利を求めて、山谷でも様々な労働争議が繰り広げられた。『山谷　やられたらやりかえせ』（昭和六十年）は、「山谷越冬闘争を支援する有志の会」の一員として、当時の労働争議を記録しようとした佐藤満夫のドキュメンタリー映画だ。しかし撮影開始直後、この地域をテリトリーとする日本国粋会金町一家西戸組組員によって佐藤は殺される。その遺志を継いで監督となり撮影を継続した山岡強一も、映画が完成した昭和六十一（一九八六）年に、やはり金町一家金龍組組員によって射殺された。

昔話ではない。つい二十数年前、この日本で起きた現実だ。ドキュメンタリーが現実社会との摩擦を強く持つジャンルであることは確かだけど、監督二人が殺された映画など、他にはちょっと思いつかない。当時の山谷はそれほどに殺伐とした雰囲気が充満し、また見方を変えれば、それほどに活気に溢れていたということになる。ちなみにこの頃に、日本で初めての監視カメラがマンモス交番に設置された（それより前、一九六〇年代の釜ヶ崎に設置された監視カメラが、日本で最初との説もある。いずれにせよ、どっちも寄せ場だ）。

しかしこの時代以降、建築技術の進展や機械化が長引く不況に拍車をかけて、労働力の需要はさらに激減した。男たちの山谷への流入は止まったが、すでにドヤに流れついていた男たちには、新たな行き場所はない。やがて労働者の高齢化が進み、仕事にありつけない路上生活者が増え始めた。ドヤに宿泊する日雇い労働者たちは、今ではピーク時の三分の一、約五千人前後に減少している。

路地を曲がる。また男たちの酒盛りだ。泥酔したらしい男が、ぐったりと路上に寝そべっている。そのすぐ横を、制服姿の女子中学生が自転車で軽やかに走り抜ける。この地域には民家も数多くある。ドヤに泊まる男たちや路上生活者たちが市井《しせい》の人と共存している。通りに面した家の戸口から、やっと歩き始めたばかりといった感じの幼児がちょこちょこと現れた。そのすぐ後ろから、にこにこと目を細めた老人が続く。路上に座り込んでいた男が、「可愛《かわい》いねえ」と呂律《ろれつ》の回らない声をかける。

僕は立ち止まる。やっと気がついた。発祥の地だというのに、今では日本中に増殖しつつある監視カメラが、不思議なことにまったく見当たらない。

「山谷は昔から、労働者たちと一般の人たちが共存している寄せ場なんです。たとえば横浜の寿《ことぶき》などは、どちらかといえば一般からは隔離された地域ですが、ここはそうではありません」

そう語ってくれたのは、ドヤ街のど真中にある「きぼうのいえ」の設立者、山本雅基だ。何のアポイントもなかったけれど、表札に興味を持ってチャイムを押した僕を、「ちょうど時間が空いていますから」と山本は快く迎えてくれた。

鉄骨四階建ての「きぼうのいえ」は、平成十四（二〇〇二）年に誕生したホスピスだ。路上で暮らす身寄りのない人たちの終《つい》のすみか。これまでに、三十人近い男女を看取《みと》っている。

「でも、これだけ多くの男たちが昼間から酔っ払ってうろうろしているのに、事件どころか揉《も》め事もないというのは不思議です」

「まったくないわけじゃないです。でもほとんどないといって良いと思います。彼らによって地元が潤《うるお》っていた時代はかつてあったわけですし、そんな意識を一般住民も持っているのでしょう。同時に労働者の側も、……何と言ったらいいのか、西部劇の荒くれ男たちのような意識があるんです」

「西部劇？」

「女子供には手を出さないというか、そんな矜持《きょうじ》のような感覚です」

山谷と西部劇の組み合わせは初めて聞いた。でも言われてみれば納得できる。ただしここで思い浮かべるべき映画は、正統派のジョン・フォードではなくてサム・ペキンパーの監督作品だ。『ワイルド・バンチ』のウィリアム・ホールデンやアーネスト・ボーグナイン、『ガルシアの首』のウォーレン・オーツなど、薄汚くて荒くれだが心優しい男たちが、焼酎の瓶を片手に山谷の路上を千鳥足で歩いていたとしても、確かにほとんど違和感はない。

「きぼうのいえ」を辞してから、マンモス交番横のいろは商店街をぶらついた。路上に座り込んだり徘徊《はいかい》している男たちの姿を別にすれば、当たり前だけど普通の商店街だ。風が吹いてきた。突き刺すように冷たい風だ。夕方が近づき、気温はますます下がってきたようだ。路地を一本入れば、青い空に屹立《きつりつ》する煙突が目に入った。銭湯だ。

番台でタオルを借りた。まだ四時前だから一番風呂《ぶろ》かと思ったけれど、すでに三人の先客がいた。三人とも初老だが、一人は極彩色の龍が背中を覆《おお》っており、もう一人も腕に微《かす》かな模様が残っている。風呂はタイル貼《は》りで丸い洗面器の底にはケロリンの文字。ペンキ絵は昔懐《なつ》かしい富士山と田子の浦。お約束の小さな帆掛け舟も隅のほうに描かれていて実に正統だ。銭湯は好きで旅先などでもよく入るけれど、最近は都会のみならず地方でもニューウェーブの銭湯が多く、ペンキ絵にドラえもんやドラミちゃんなどが描かれているときには、そこまで落ち込まなくても、と自分で思うくらいにへこむ。

ぽかぽかに温まった身体を拭《ふ》いてから、脱衣所でコーヒー牛乳を買う。素裸で腰に手を当てながら飲むのが正しい作法。服を着ながら、携帯に土屋眞哉からの着信があることに気づく。

そもそも今回の山谷探索は、年明けの五日にしようと土屋と決めていた。ところが五日の朝になってから、地方紙の連載の締め切りをすっかり忘れていたことに気づき、土屋に頼んで一日ずらしてもらった。だから土屋はこの日、社内で企画会議を終えてからの参加となる。

もう山谷に着いているという土屋と、マンモス交番の前で待ち合わせる。濡《ぬ》れた髪に冷たい風が心地よい。ところが交番の前には、いつもの上下黒の背広の土屋らしき姿がない。しばらく周囲を見渡していたら、典型的なドカチン・ファッションの男が近づいてきた。

「何だその服」

「黒の背広に革靴だと、やっぱりここでは浮くんだよね」

「そりゃそうだけどさ、でも何も作業服にしなくても、普通の私服でいいじゃないか」

「持ってないんです」

極端な男だ。黒の上下は何着も持っているが、それ以外の服はこの作業服しか持っていないとのこと。確かにこの地に溶け込んではいるけれど、企画会議にもこのドカチン姿で出席していたのかと思うとあきれる。

町は夕暮れだ。かつて山谷のストリートの名物だった自動販売機とコインロッカーも、明らかに大幅に減っている。コイン式ランドリーの上には、「地下足袋お断り」の貼り紙がある。でも見たところ、稼動《かどう》している洗濯機はひとつもない。男たちは仕事を失い、ドヤに暮らす半分以上は、自らの稼ぎではなく生活保護での支給金から宿代を払っているという。二年前の調査では、男たちの平均年齢は六十二・五歳。つまり団塊世代だ。矢吹丈がもし生きていたら、そろそろそのくらいの歳《とし》になるのかもしれない。そんな年齢の彼らにとって、「あしたはどっち」なのだろう。最近では、外国人バックパッカー向けのゲストハウスに鞍替《くらが》えするドヤも増えてきた。足を運んでみれば、ゲストハウスの中は確かに若い外国人ばかり。二軒訪ねたけれど、どちらもほぼ満室だ。

土屋と共に、もう一度玉姫公園に戻る。オウムが止まる立ち木の下では、アポロキャップの男が一人で碁盤を睨《にら》んでいた。その足元には、空になったワンカップが十本ほど並んでいる。確かみんなは彼のことを、「ホンマちゃん」と呼んでいた。

奄美《あまみ》の出身であることを、ホンマさんは教えてくれた。呂律は回らない。朝から飲み続けだという。「食事は?」と土屋が訊《たず》ねれば、ビニールハウスの支柱を指差した。食パンが入ったビニール袋が、支柱からぶら下がりながら冷たい北風に揺れている。ボランティアが毎朝持ってきてくれるという。

「食パンはあるし、炊《た》き出しもある」

「奄美には帰らないんですか」

「帰りたいよ」

「じゃあ帰ればいいのに」

「帰れねえよ」

ホンマさんの言葉は短い。僕と土屋は立ち上がる。そろそろ日が沈む。別れの言葉を告げてから、公園内のトイレに行く。用を足していたら、ホンマさんがやってきた。一旦は別れたのに何となく気まずい。ホンマさんも少しだけ照れている。

並んでオシッコをしていたら、「また来いよ」とホンマさんが恥ずかしそうに小声で言った。僕は「はい」と頷《うなず》いた。

第九弾

「世界一の鉄塔」が威容の元に放つもの

港区芝公園四丁目

地下鉄日比谷線神谷町駅で電車を降りる。ここから東京タワーまで、歩いておよそ十分弱。それは知っている。でも千葉県の端にある僕の自宅から、JRと地下鉄を乗り継ぐこのコースが、果たして東京タワーに行くための最短のコースなのかどうかは確信がない。

そもそも最寄り駅が神谷町でいいのかどうか、それも実のところはわからない。JR浜松町からも歩いていけたような気がするし、都営三田線の御成門《おなりもん》からも行けるはずだ。あるいは大江戸線も、この辺りを通っていたような気がする。

でもわからない。ネットで検索すればわかったはずだけど、最短のコースを自分が把握していないことに気がついたのは、家を出てからだった。歩く距離が最も短くてすむ交通手段は、たぶん渋谷か田町の駅あたりからバスを利用することだと思うけれど、バスの路線は込み入っていて難しい。何よりも自他共に認める方向音痴だから、たとえバスに乗ったとしても、正確な停留所で降りられるかどうか自信がない。

確信がない。わからない。気がする。難しい。自信がない。

これらの曖昧《あいまい》な述語は、そもそも僕の口癖のようなものだけれど、今回の原稿はいきなり曖昧さが全開だ。うーむ。2ちゃんねるあたりで、「こいつは何を言わせても『わからない』で終わる」などと時おり揶揄《やゆ》されていることは知っている。確かにそうだよなと自分でも思う。どうにかならないものかとも思う。でも実際にわからないのだ。世の中には、考えてもわからないことはたくさんある。結論がどうしても見つからないこともたくさんある。ところが発達するメディアとこれに併走する民意は（順番は入れ替えてもよい）、曖昧な領域を許容しない。黒か白か。善か悪か。真実か偽りか。そんな二元論的思考が強迫神経症的に蔓延《まんえん》している。

過日、劇作家の鴻上尚史《こうかみしょうじ》と酒を飲んだとき、観劇後のアンケートに書かれた観客の意識がここ数年、明らかに変わってきたとの話を聞いた。

「以前なら芝居はわかりづらくて当たり前だった。でも最近は、ちょっとストーリーが込み入ると、『誰が悪人かはっきりしてくれ』みたいな内容が多くなるんだよね」

確かにわかりづらいよりはわかりやすいほうがいい。僕もそう思う。でもわかりやすさへの希求は、事象や現象の単純化や簡略化と同義でもある。郵政民営化是か非か式の二者択一が焦点となった平成十七（二〇〇五）年の衆院選のように、単純化や簡略化には大きな副作用がある（小泉チルドレンを筆頭に、国会議員の質がとても低下した）。

とにかく確かに僕は、時おり戦略的に「わからない」を使うけれど、でも今回の取材は、戦略でもなんでもなく、実際に出だしからわからない。

高輪方面に向かう桜田通りを左折すれば、すぐ目の前に、東京タワーが聳《そび》えている。とにかく辿《たど》り着いた。何度も目にしているはずだけど、あらためてつくづく見上げれば、やっぱり威容という言葉がふさわしい建造物だ。

正面玄関の横に土屋眞哉がいた。その横には、新潮社新入社員の宮川直実も立っている。

「やっぱり威容だよね」

そう言う僕に土屋は、「ある意味で東京番外地の真打ちかもしれませんね」と頷《うなず》いた。

「どうしてですか」

この連載の取材同行は、皇居につづいて二回目になる宮川が、土屋の言葉に首を傾《かし》げる。動作がとても素直なので、なんだかアニメを観《み》ているような気分になる。

「あなた、出身は東京だっけ」

「はい」

「ここに来たことはある?」

「一回だけあります」

「いつ?」

「学生の頃。友だちと。でもタワーにはのぼらずに、水族館だけを観《み》ました」

「何で水族館だけ?」

「ちょうど時間が空いたので。一度見てみようかなって。うちの学校、近くだったんです」

「ああ、慶応か。……友だちって誰」

「友だちです」

「男だろ」

「違います。女友だちです」

「まあいいや。とにかく、上にのぼったことは一度もないわけだろ」

「水族館は一階ですから、その意味ではそうですね。のぼったことはないです」

「ほとんどの東京の人はそうなんだよ。誰ものぼらない。のぼるのは、地方か外国からの観光客ばかり」

そう言う土屋は静岡の出身だ。小学校の修学旅行で東京に来て、このときは東京タワーにのぼったけれど、後にも先にも東京タワー体験はこれ一度きりとのことだ。

「森さんは東京タワー、のぼったことあるんですか」

宮川に訊《たず》ねられ、僕は少しだけ口ごもった。来たことはある。それも頻繁に。なぜなら東京タワーのすぐ横には、テレビ番組の収録や編集などに使われるスタジオ施設「芝公園スタジオ」が併設されている。僕にとってはテレビ・ドキュメンタリーのデビュー作となる『ミゼットプロレス伝説』（小人プロレスラーたちを被写体にしたドキュメンタリー）も、編集や音入れ作業はこのスタジオで行った。その後も何度か利用した。徹夜の編集が終わり東京タワーを眠い目で眺めながら家路についたことも、一度や二度じゃないはずだ。

だからその意味では、かつては何度もこのエリアに通っていたはずなのに、アクセスを覚えていない僕は確かにどうかしている。芝公園スタジオと言われたなら、迷うことなく神谷町から歩いたはずだ。それがいちばん近い。でも東京タワーと考えたから、最寄り駅がわからなくなった。つまり東京タワーはそれほどに印象が薄い。考えたら不思議だ。これほどに存在感がある建造物なのに。

「……来たことは何度もあるよ。でものぼったことはないな」

そう口にしてから思い出した。一度だけある。やはりテレビの仕事をしていた頃、劇団付属俳優養成所を舞台にした群像ドキュメンタリーを撮ったことがある。タイトルは『ステージ・ドア』。養成所で恋仲になった二人の休日のデートに付き合って、日が落ちてからタワーにのぼった。でもそのときは、ずっとカメラのファインダーに片目を当てていた。だから前後の記憶もほとんどないし、何を見たかもよく覚えていない。

日本で初めての総合電波塔である東京タワーは、昭和三十三（一九五八）年に竣工《しゅんこう》した。ちなみに東京タワーは俗称で、正式名称は日本電波塔。高さは333メートル。自立鉄塔としては、320メートルのエッフェル塔を抜いた竣工当時も、そして現在も、世界一の高さである。

……とここまでデータを書き写して、自立鉄塔の意味が気になった。モスクワのオスタンキノタワー（一九六七年設立）は540メートル。トロントのCNタワー（一九七六）は553メートル。上海《シャンハイ》のオリエンタルパールタワー（一九九五）は468メートルだ。他にもベルリンタワーやクアラルンプールのマニラKLタワーなど、東京タワーより高いタワーは、現在は世界中にいくらでもある。

「自立鉄塔としては、依然として世界一である」との記述は、東京タワー関連のサイトや資料で、常套句《じょうとうく》のように頻繁に使われている。ところがこの「自立鉄塔」の意味がわからない。少なくとも僕が探した範囲では、これを説明する記述は見つからない。どの資料も共通して当然のように、「自立鉄塔としては世界一」なのだ。

まあ「鉄塔」の意味はわかる。材質が鉄である塔ということだ。わからないのは「自立」だ。自立があるならば、他立もあるのだろうか。他立のタワーって何だろう?

推測だけど、「ワイヤーなどで他の建造物から支えられていない」という意味だと思う。つまり「自立鉄塔では世界一」の意味は、「他の建造物からの支えを受けておらず、尚且《なおか》つ材質は鉄だけでできているタワーとしては世界一」ということになる。

かつて皇国日本が台湾を殖民統治したとき、日本よりも小さなあの島に富士山より200メートルほど高い玉山《ユイシャン》があることを知って、時の明治政府は困惑した。いずれにせよ、富士山に代わって日本一となった山の呼び名がユイシャンではいかにもまずいというわけで、明治天皇が新高山《ニイタカヤマ》と命名した。

ところが一旦は「日本一高い山」として国定教科書に採用された新高山の記述は、

ちょうど「ニイタカヤマノボレ」が作戦遂行の暗号に使われた真珠湾攻撃の時期あたりに消滅し、それに代わって富士山が、「日本一のこの山を世界の人があふぎ見る」との記述で復活した（昭和16年・第五期国定教科書）。同時期の文部省唱歌でも、「世界第一の神の山」と詠《うた》われている。

「日本一高い」とは形容されていないから、レトリックとしては間違いではない。「世界第一の神の山」も同様だ。論旨的には破綻《はたん》はない。嘘《うそ》ではないのだ。偽装は明らかなのに、断定が曖昧さをあっさりと排除して、どうにもケチのつけようがない。この論法を使えば僕だって、きっと幾つもの世界記録を保持できる。

東京タワーが竣工した昭和三十年代、世はまさに高度成長期を迎えようとしていた。つまり重厚長大の時代だ。「自立」していて、「鉄だけ」で作られた世界最高の塔は、第二次世界大戦当時に建造された世界最大の戦艦「大和」が富国強兵を象徴していたように、まさしく右肩上がりのあの時代を象徴している。

でも建造されると同時に時代遅れとなり、ほとんどまともな働きができなかった戦艦大和とは違い、東京タワーは関東エリア半径１００キロ圏をカバーする電波塔として、日本のテレビ黎明期《れいめいき》を支え続けた。

切符売り場の表示で気がついた。東京タワーは年中無休なのだ。本業であるテレビの電波塔としては当然だが、付帯施設も、展望台も、休日はまったくない。足かけ五十年近く、休み知らずの人生だ。デートもしたことはないし酒を飲んだこともない。友人たちとキャンプに行ったこともないし昼過ぎまで寝ていたことも一度もない。齢《とし》はほぼ一緒だから、何となく身につまされる。

エレベーターに乗って、まずは大展望台にのぼる。高さは150メートル。東西南北のそれぞれの窓の下には、その位置から展望できる窓外景色の大きなパネルが設置されている。ランドマークとなるビルや建造物は、パネル上では青く彩色されていて、そこに指を触れると、詳しい説明が表示される。

晴天や曇りの日の展望、さらには夜景までパネル上で再現するこのシステムは、それなりに最新式なのだろうとは思うけれど、何となく垢抜《あかぬ》けない。理由はわかっている。ビルや建造物の青い彩色が、子供の工作のようでどことなく野暮ったいのだ。

この垢抜けなさは、東京タワーの敷地内の随所に漂っている。一階の発券所の横には、大きなレストランがある。テーブルには、いまどき珍しいビニールのテーブルクロス。それも花柄だ。メニューはカツ丼《どん》やナポリタンやお子様ランチ。雰囲気としては、まさしく昔のデパートの食堂だ。

タワー内に幾つかある売店には、例外なく東京タワーを象《かたど》った置物が陳列されている。キーホルダーに置時計。メダルにペナント。ボールペンに絵葉書。……昭和中期、日本中のどこの家にも、きっとひとつくらいはあったはずの土産物だ。これ以上ないほどの垢抜けなさが凝縮されたこれらのグッズが、意匠や用途はそのままに、現在もひっそりと陳列されている。

この空間では、確かに何かが止まっている。とても微細だけど、でも空間を支配する何かだ。

大展望台から特別展望台へとのぼるエレベーターは、なぜか四方のガラス窓から周囲の鉄骨が見える構造だった。少し大袈裟《おおげさ》に書けばガラスの箱。これは怖い。もしも床もガラス張りだったら、高所恐怖症の僕はとてもじゃないが乗れそうもない。

大展望台と特別展望台の高度差は100メートル。でも窓外の景色にそれほどの差はない。高所恐怖症にとっては0メートルと100メートルの差は大きいけれど、1 50と250メートルの差はもはやどうでもよい。言えることはただひとつ。この高さは不自然だ。早く地上に戻りたい。

一階に下りてから水族館に入る。ここは世界でも珍しい、観賞魚ばかりの水族館だ。つまりほとんどが熱帯魚。

順路を歩きながら気がついた。ほとんどの水槽には、中で泳ぐ魚の値段が表示されている。ここは水族館であると同時に、熱帯魚ショップでもあるわけだ。

順路の最後は日本庭園だ。石灯籠《いしどうろう》が脇《わき》に置かれた五坪ほどの池には、錦鯉《にしきごい》と亀が泳いでいる。

「……何で、日本庭園なんだろう」

薄暗い池の縁に立った土屋が、不思議そうにつぶやいている。確かに脈絡はない。たぶん設計する側か展示する側には、それなりの理由はあったのだと思う。でもその理由を展示される側に伝えようとの姿勢はない。投げやりとも少し違う。意識にないのだ。だからここを訪れた人たちの多くは、アマゾンのピラルクやナマズを見た後に忽然《こつぜん》と現れる日本庭園と、薄暗い池の中を泳ぐ錦鯉と亀のコラボレーションに、微《かす》かに困惑しながら首をひねる。

水族館を出たその足で三階に向かう。蠟《ろう》人形館だ。土屋の表情が冴《さ》えない。お化け屋敷の類《たぐい》が、この男はとにかく苦手なのだ。それは知っていたけれど、僕は土屋の逡《しゅん》巡《じゅん》を黙殺した。だって東京タワーとくれば蠟人形館。でも中に入ったことはこれまで一度もない。たぶん今日のこの機会を逃せば、今後も入館することはないだろう。料金を払って中に入れば、まずは「ハリウッド映画スターホール」なるコーナーだ。

ジョン・ウェインやオードリー・ヘップバーン、三船敏郎にジョディ・フォスター、シャロン・ストーンにジュリア・ロバーツ、「猿の惑星」の猿二匹。

説明書きによれば、いずれも蠟人形の本場（ということらしい）であるロンドンからの直輸入。その造形の水準が高いかどうかは素人《しろうと》にはわからない。確かに実物によく似ている人形もあるけれど、名前の表示がなければ、全くモデルの見当がつかない人形も少なくない。

通路の奥の壁から、屋形船の舳先《へさき》が突き出している。近づいてしげしげと眺める。客船の舳先のミニチュアのつもりのようだけど、遊園地の遊戯施設のように作りは大雑把だし、何よりも蠟細工でもない。船首には、「ＴＩＴＡＮＩＣ」と大きな表示がある。

「何でタイタニックなんだろ」

つぶやく僕に、「映画があったからじゃないですか」と宮川が言う。

「……それはわかるけれど、でもここで僕たちは、いったい何を見ればよいのだろう」

三人はしばらく立ち止まって考えた。ディカプリオの蠟人形が陳列されているならまだしも、舳先には誰もいない。とにかく壁から突きだした舳先だけなのだ。

「……写真を撮れってことかな」

土屋がつぶやいた。ああ、そうですね、きっと、と宮川がほっとしたように頷いた。なるほど、そういうことか。ここを訪れたカップルは、この舳先の上に乗って、あの「タイタニック」の名場面を、演じることができるということなのだろう。でもなあ、カップルで来た場合は、二人であのポーズをとると写真を撮る人がいなくなる。かといって、あのポーズをとりながら通りすがりの見知らぬ人に「お願いできますか」とカメラを渡すのは、さすがにかなり度胸がいる。

結局、謎《なぞ》は謎のままだ。何しろ「ＴＩＴＡＮＩＣ」の表示以外は、何の説明もない舳先のミニチュアなのだ。

「受け入れるしかないよ」

僕は二人に言った。尤《もっと》もらしく。したり顔で。

「わからないことを考え込んではいけない。もっと迷路の奥に誘い込まれてしまう」

「怖いところですねえ」

返答に困ったように宮川が吐息をつく。土屋はニヤニヤと笑っている。ハリウッド・コーナーのあとは世界の偉人コーナーらしく、吉田茂やホー・チ・ミンが続く。初老のサラリーマンがいた。小柄な男だ。顔にはまったく見覚えがない。誰だろうと思って表示を眺めれば、前田久吉と書いてある。名前を知っても、やっぱり誰だかわからない。

説明書きによれば、一八九三年に大阪に生まれた前田は、ここ東京タワーを運営する日本電波塔株式会社の設立者であると同時に、産経新聞や関西テレビ放送の創設者でもあり、さらには千葉のマザー牧場の初代オーナーでもあるそうだ。

知らなかった。それにしても、産経新聞に関西テレビ、東京タワーからマザー牧場と続く系譜はすごい。脈絡のなさにかけては、テッド・ターナーかルパート・マードック以上だ。いかにも東京タワーの設立者にふさわしい。

その少し先、ひときわ大きいコーナーには、机に座った杉原千畝《すぎはらちうね》が展示されている。ナチス・ドイツの迫害を逃れるユダヤ人のために、独断で日本の通過ビザを発給した元駐リトアニア領事代理だ。日本のシンドラー。それはわかる。それはわかるけれど、なぜ杉原がここにいて、これほどに大きな扱いなのかがわからない。

とにかく通路を進む。磁場はますます濃密になる。ダ・ヴィンチの「最後の晩餐《ばんさん》」の再現は圧巻。でもその次にはフランケンシュタイン。人形を展示する選択の基準は、もはやまったくわからない。でもわかろうとしてはいけない。世界はわかることばかりではない。

フランケンシュタインが展示されているすぐ横には小さな扉があり、その中は拷問《ごうもん》コーナー。逆さ吊《づ》りや水責めなど中世の拷問や処刑の様子が、かなりリアルに再現されている。だけどやっぱり、なぜ拷問コーナーなのかがわからない。

次はビートルズ。出来はかなり悪い。とにかく似ていない。リンゴ・スターはかろうじてわかる。でもジョンとジョージの区別がつかない。ポールとジョンの違いも微妙だ。利《き》き腕でやっと判別がつく。

隣にはディープ・パープルがいる。その少し先のコーナーで、宮川が呆然《ぼうぜん》と立ち尽くしている。

「誰ですか、これ」

フランク・ザッパだ。一九四〇年にアメリカで生まれたミュージシャン。奇人で変人。そして天才。アメリカン・ロック界の大御所。天才ギタリスト。ジャズもこなせば前衛音楽もやる。反体制で反商業主義。とにかく彼を描写するためには、いくら紙幅があっても足りない。

でも何よりも、ビートルズやディープ・パープルを差し置いて、なぜザッパがメインに扱われているのだろう。

気持ちはわかる。熱狂的なマニアがいることも知っている。でもザッパは決してメジャーじゃない。東京タワーを訪れる不特定多数の観光客のうち、フランク・ザッパの名前を知っている人は、多めに見積もっても三十人に一人だろう。それなのに扱いはメイン。ここには間違いなく何らかの意図がある。でもその意図がわからない。

その後はドイツのプログレッシブ・ロックのミュージシャンたちの展示が続いた。僕も初めて名前を聞くようなミュージシャンばかりだ。もうこのあたりで、うっかり入館した家族連れなどは、完全に置いてきぼり状態だ。

蠟人形館のすぐ傍には、ギネス・ワールドレコード・ミュージアムＴＯＫＹＯなるブースがあった。要するにギネスに認定された世界一身長の高い男や低い男、世界一体重の重い男や世界一目玉が飛び出している女性などを、フィギュアやパネルなどで陳列するというアトラクションだ。

入り口脇の世界一身長の高い男の等身大のフィギュアはさすがに迫力があった。でも蠟人形館の毒気に当てられたような気分で、もう足は向かない。「見ますか」と土屋が気の乗らないような表情で訊《たず》ねてきたが、「もういいよ」と答えれば、あっさりと同意した。

三階にあるもうひとつのブース「不思議な散歩道」は、レーザー光による立体写真ホログラムが展示されている。四階のトリックアート・ギャラリーは、目の錯覚などを利用した立体アートや騙《だま》し絵などの展示ブース。

やっと気がついた。つまり東京タワーのテナント・ブースは、蠟人形館も含めて、すべてフェイクがテーマなのだ。その意味ではわからなくて当然。いやむしろ、わかったらおかしいのだ。


一階のレストランで、三人で遅い昼食をとる。土屋はチキンライス。僕はカツ丼。宮川は何を思ったのか、お子様ランチを注文した。テーブルに運ばれてきたのは、チキンライスではなくフリカケご飯の上に国旗が立てられた、やっぱりフェイクのお子様ランチだった。

「チキンライスはメニューにあるのになあ」

「何だか無理にフェイクにしているみたいですね」

土屋と宮川のそんな会話を聞きながら、僕はカツ丼を口に運ぶ。味はまあまあ。何だか感覚が怪しい。何が標準だったのかがわからない。土屋もいつになく神妙な表情で、黙々とチキンライスを口に運んでいる。

第十弾　十万人の呻《うめ》きは「六十一年目」に何を伝えた

墨田区横網二丁目

三月十日。法要は午前十時から。少し遅れた。前夜の酒のせいだ。一軒目は台東区の串揚《くしあげ》屋でビール。二軒目は居酒屋でホッピー。そこまでは覚えている。三軒目に行ったバーのウィスキーが効いたのだろう。どうやって店を出て家に帰ったのか、ほとんど記憶がない。起きるのが辛《つら》かった。体調不良を理由に、今日の取材は休もうかと本気で考えた。

いつもならそうしている。でも今日はそうはいかない。なぜなら今日は、僕の都合で取材の日程をずらせない。

両国の駅を降りてから、先に来ているはずの土屋眞哉の携帯に電話をかけた。

「横綱《ヨコヅナ》公園でいいんだよね」

「横網《ヨコアミ》公園です」

訂正されたその瞬間、大袈裟《おおげさ》じゃなくて顔から火が出た。一晩体内で熟成されたアルコールが燃料だ。

「ヨコアミ？　ヨコヅナじゃないの？」

「少し字が違います。両国だから、間違えますよね」

うーむ。一応はミスを恥じる作家を慰める編集者という構図なのだろうけれど、でも土屋の口調がなまじ冷静なだけに、携帯を耳に当てながら実は呆《あき》れて笑っているんじゃないかと疑いたくなる。損な性分だ。いや僕じゃなく土屋のほうが。

改札口の駅員に「ヨコアミ公園」への道筋を聞いたけれど、駅前のロータリーに出てから、数人の初老の男女が、駅の裏手の江戸東京博物館の方向に向かって歩いていることに気がついた。駅員の説明とは逆方向だけれど、おそらくはこの方向が、横網公園への近道なのだろうと僕は判断した。ゆっくりと歩を進める老人たちの表情に、何となく共通するような重苦しさがあったからだ。

道路を歩く老人たちの数が少しずつ増えてくる。初老もいれば高齢もいる。皆一様に押し黙りながら、黙々と歩いている。十分ほど歩いた頃、やっと横網公園に到着した。

六千坪の敷地は、ぎっしりと老人たちで埋め尽くされている。千人以上はいるだろう。敷地のほぼ中央に、寺院のような壮大な建造物が建立《こんりゅう》されている。東京都慰霊堂だ。土屋が近づいてきた。相変わらずの黒ずくめの服だけど、今日のこの場にはマッチするはずだ。

慰霊堂の中では、僧侶《そうりょ》たちによる荘厳《そうごん》な読経《どきょう》が始まっている。六十一年前の今日、東京大空襲で死んだ人たちの霊を慰める「春季慰霊大法要」は、まだ始まったばかりだった。

米軍による日本本土への初めての空襲は、真珠湾攻撃から四ヵ月が経過した昭和十七（一九四二）年四月十八日に、早くも始まっている。十六機のB25の編隊を指揮したのはドゥリトル陸軍中佐で、東京や名古屋、神戸などを爆撃した。このときの被害は、死者は五十人で重軽傷者は約四百人。これだけでももちろん大惨事だ。でもこの後の本土空襲の被害規模を考えれば、この初回の空襲の通称である「ドゥ・リトル（少しだけやる）空襲」は、あまりにもシニカルなネーミングだ。

このときの本土空襲については、同日午後、東部軍司令部によって、以下のように公式発表されている。

「敵機数方向ヨリ京浜地方ニ来襲セルモ、ワガ空・地両防空部隊ノ反撃ヲ受ケ逐次退散中ナリ、現在マデ判明セル撃墜九機ニシテワガ方ノ損害ハ軽微ナル模様ナリ、皇室ハ御安泰ニワタラセラル」

もちろん撃墜九機など、根も葉もない嘘《うそ》八百だ。真珠湾以降、すっかり慣例となった大本営発表だが、しかし現実を知る軍部の狼狽《ろうばい》はさすがに大きかったようだ。特に皇居を抱える帝都東京の防衛体制強化は至上命令とされ、東京防衛本部や内務省は新聞などを通じて、貯水槽や風呂桶《ふろおけ》などに水を常時蓄えておくことを呼びかけ、とび口や火たたき、バケツ、防空頭巾《ずきん》などの消火道具を備えることを各家庭は義務づけられた。

その後しばらく本土空襲はなかったが、昭和十九年七月、マリアナ群島を制圧した米軍はここを前線基地として、本格的な日本本土に対する空襲を開始する。同年十二月には、計十五回もの空襲が続き、延べ百三十六機のB29によって四千百二十九個の焼夷弾《しょういだん》が帝都東京に落とされ、七百五十一名が死傷した。翌二十年の一月には、浅草や江東地域が狙《ねら》い撃ちとなり、千五百八十一名が死傷した。有楽町と銀座が標的となった一月二十七日の空襲は特に激しく、有楽町駅の周辺には直撃を食らった通行人の肉片が散乱し、かき集めた死体はトラックの荷台にして二台以上あったという。

しかしこの頃の空襲はまだ、日本の制空権が及ばない高空から地上の軍事目標を狙う作戦だった。同年三月十日。米軍は爆撃の標的を、一般市民が居住する地域へと大きく転換する。その大義名分になったのは、小さな町工場が下請けとして兵器製造を担《にな》っているからとの理屈だった。しかしその帰結として、八万三千七百九十三名（警視庁発表）という膨大な数の一般市民が、たった一晩で無残に焼き殺された。

平成十六（二〇〇四）年に公開されたドキュメンタリー映画『フォッグ・オブ・ウォー』（監督エロール・モリス）は、ケネディとジョンソンという二人の大統領のもとで国防長官を務めたロバート・ストレンジ・マクナマラのインタビューを主軸とする作品だ。「人間の本質は変えられない」とつぶやきながら、戦争漬けの自らの人生を赤裸々に語るマクナマラは、東京大空襲の作戦立案者のひとりだったことをカメラの前で明かし、「いかに多くの人を効率的に殺傷するか」をテーマにした空爆だったと回顧する。そのときの彼の上官で作戦立案を命じた男の名は、カーチス・エマーソン・ルメイ。「俺たちは戦争で負ければ戦争犯罪人だ」とルメイが口にしたことを明かしながらマクナマラは、「勝ったからといって許されるわけがない。我々は皆、戦争犯罪人だ」と苦悶《くもん》する。このルメイの指示のもとに、東京大空襲の作戦は練り上げられ、実践された。

第二次世界大戦後にルメイは空軍中将に昇格し、キューバ危機勃発《ぼっぱつ》時にはキューバ空爆をケネディ大統領に提案し、結果としては却下される。ベトナムにおける北爆でも、ルメイは推進者として大きな役割を果たしている。要するに戦争屋だ。映画の中でルメイについて語るとき、マクナマラの口許《くちもと》には明らかな嫌悪《けんお》が滲《にじ》んでいた。

昭和三十九年、ルメイは来日した。日本の航空自衛隊創設の際に戦術指導などで貢献したとして、日本政府から勲一等 旭日大綬章《きょくじつだいじゅしょう》を授与されたからだ。

戦時における指導者を極悪人と糾弾して戦後処理の一環にすることについて、基本的に僕は馴染《なじ》めない。戦争は一部の邪《よこしま》な指導者によって国民が騙《だま》されたから起きるのではなく、その国の民意や世相も含めての全体の構造によって起きると考えるからだ。善と悪の二項対立を続けるかぎり、過剰な自衛意識と報復の連鎖が帰結する戦争から、決して人類は脱却できないと思うからだ。でもよりによって東京を焦土にした張本人に勲章を授与したことについては、やっぱり唖然《あぜん》として言葉を失う。渡す側も渡される側も、記憶中枢《ちゅうすう》に重大な欠陥があるとしか思えない。

僧侶たちの読経は続いている。堂内では遺族たちが頭《こうべ》を垂れ、堂の外では老人たちが、献花や焼香の列に並んでいる。

「……ダメだ」

僕は土屋に言う。実際にもう限界だ。

「はい？」

「気分が悪いんだ」

「二日酔いでしょう」

あっさりと土屋は断定する。確かにそうだけどさ、「働きすぎですか」とか「少し休みましょう」とか何とか、他に言い方がないのかな。

「……それにしても、僕たちより若い世代は、ほとんどいないかもしれませんね」

周囲を見渡しながら、しみじみと土屋がつぶやく。どうやら僕の体調については、まったく関心がないらしい。

「十年後、二十年後のこの法要が心配ですね」

こみ上げる嘔吐《おうと》感を咽喉《のど》の奥に押し戻しながら、僕は土屋のこの言葉に頷《うなず》いた。体調はともかくとして、土屋が口にしたその危惧《きぐ》を、まさしく僕も感じていたからだ。東京都慰霊協会主催のこの慰霊祭を、昨年石原都知事は、体調不良を理由に欠席した。今日は来ているのだろうか。姿は見えない。毎年の靖国《やすくに》参拝の理由を、「二度とあのような悲惨な戦争を起こさないことを英霊たちに誓うため」と説明する小泉首相だって、当然この場にいていいはずだ。でも来ていない。彼は一度も来たことがない。もちろん閣僚の姿は一人もない。

六十一年前の三月十日。この地で十万人に近い人々が、紅蓮《ぐれん》の炎に包まれ悶《もだ》え苦しみながら息絶えた。でもその記憶の回帰がうまく作動していない。僕はそう感じる。土屋に煙草《たばこ》を一本貰《もら》う。一口吸った瞬間に、嘔吐感が再び咽喉の奥にせり上がってきた。最悪だ。今度こそ吐きそう。とにかくどこかで休みたい。

視線を上げれば、敷地の奥に古めかしい二階建ての建造物が見えた。東京大空襲にちなむ展示施設だろうと僕は考えた。とにかくあそこに行けば、座って休めるかもしれない。

土屋に少しだけ休んでくると言い残して、やっとの思いで施設まで足を運び、二階の休憩コーナーの長椅子《ながいす》に腰を下ろす。館内には人の気配はない。黴臭《かびくさ》い空間は相当に歴史的な雰囲気だが、今はそれに浸る余裕はない。とにかく僕は、授業中に居眠りをする高校生の姿勢で、長椅子の前に置かれたテーブルに突っ伏した。

……慰霊堂の方角から、低い読経と老人たちの話し声が微《かす》かに聞こえてくる。じっと耳を澄ましていると、まるで遠い国から聞こえてくる知らない言語のように、あるいは過去から時制を遡《さかのぼ》ってくる死者たちの呻《うめ》きのように、耳の底で様々な声が響き始める。声は無人の館内に少しずつ溢《あふ》れ、耳に触れながら残響し、壁に溶けながら余韻を残す。夢と現《うつつ》のあいだを漂いながら、僕はしばらくその姿勢のままでいた。時間にすれば三十分くらいだと思うけれど、目が覚めたときには少しだけ落ち着いていた。とりあえず嘔吐感もおさまっている。顔を上げて僕は周囲を見渡した。テーブルの上には、この施設のガイドブックが置かれている。

この建物の名称は復興記念館。竣工《しゅんこう》は昭和六年。東京大空襲より遥《はる》か前だ。つまり名称にある復興の意味は戦災からの復興ではなく、大正十二（一九二三）年に発生した関東大震災からの復興だ。さらにガイドブックには、この記念館が震災慰霊堂（現東京都慰霊堂）の付帯施設として建設されたことも記されている。つまり今この瞬間に東京大空襲の法要が行われている慰霊堂は、そもそもは関東大震災で死んだ人たちのために建立されたものなのだ。言い方を変えれば、大空襲の被害者たちの魂は、震災の被害者たちの魂と合祀《ごうし》されたということになる。

少しだけふらつきながら、僕は無人の館内を一周した。陳列品のほとんどは、関東大震災関連の資料ばかりだ。東京大空襲については、二階の一角で、申し訳程度に展示されているに過ぎない。

念を押すけれど、震災の被害を軽く扱えというつもりはもちろんない。でも、時期も意味もまったく違うふたつの災害における犠牲者を同じ施設で慰霊してしまうという その発想が、あまりにも乱暴すぎると思わずにはいられない。ところが誰もこれを問題視しない。誰も関心を向けない。兵士たちが祀《まつ》られている靖国に比べれば、市民たちが祀られているこの慰霊堂に対するメディアの扱いはあまりに小さい。だから政治家も慰霊には訪れない。人のことばかり言えない。横網ではなく横綱公園だとばかり思っていた僕も、関心を持たなかったひとりだ。誰もが忘れかけている。絶対に忘れてはいけないことを、僕も含めて皆が忘れかけている。

三月九日から十日に日付が変わった直後、三百三十四機のB29は深川地区に初弾を投下し、その後、城東地区や浅草地区に爆撃を開始する。一区あたり二十〜二十五万人前後の過密人口密集地帯は、あっというまに燃えあがった。初弾投下より七分後にやっと空襲警報が発令されたが、すでに混乱は始まっていて、この警報を聞いた人はほとんどいない。投下された爆弾の種類は、木と紙でできた日本家屋を炎上させるために開発された油脂焼夷弾や黄燐《おうりん》焼夷弾、エレクトロン焼夷弾などで、投下弾総量は約三十八万発、重量にすれば千七百トンだ。

目標地域の周囲に作戦通りに火の壁を造ったB29は、超低空飛行に移り、さらに大量の焼夷弾を中心部に投下し始めた。女が焼け、男が焼け、子どもが焼け、老人が焼けた。直接火に触れなくとも、被《かぶ》っている防火頭巾や被服が自然発火するほどの高熱だった。要するに蒸し焼きだ。この夜は強風で、それもまた被害を拡大した。隅田川にかかる言問橋《こととい》では、千人近い人たちが両岸から避難する人たちに挟まれたまま生きながら焼かれた。日本橋区浜町の明治座は、逃げ込んだ人々と共に焼け落ちた。残された遺体のほとんどは、火勢の凄《すさ》まじさを示すように炭化していた。三月十日の空襲で被害が桁違《けたちが》いに拡大した背景には、強風などの気象条件と、ルメイを指揮官とした米軍の戦略が、大きな要因となって働いた。しかしそれだけではない。高揚した国家と市民の防衛意識が、皮肉なことに悲劇を拡大したという視点もある。

人びとは、いつもとちがう大空襲に気付いたものの、短時間のとまどいがあった。逃げてはならぬ、火は消さなければ——という意識に強くとらわれていたからである。（中略）いかなる非常事態になったにせよ、都民がそのために無断で家から退去または避難することは、法律によって固く禁じられていたのだ。「防空法」の第八条には「防空上必要アルトキハ……其《そ》ノ区域ヨリ退去ヲ禁止又ハ制限スル」とあり、これに違反した者は「一年以下ノ懲役又ハ千円以下ノ罰金ニ処ス」と規定されている。自分から先に逃げ出すことなど思いもよらず、これを強行すれば罰則規定に触れ、非国民、アカあつかいにされかねなかったのである。(中略)

さらに決定的だったのは、「状況がはっきりしないうちに、しかも深夜、空襲警報を発令すれば、天皇は地下の防空壕に避難しなければならないことになるし」というとまどい気味の参謀の発言がブレーキになった、と証言する人がいる。当時、東部軍司令部民防空担当将校で、三月九日夜から一〇日未明にかけて司令部で「東部軍管区情報」の放送原稿を執筆した元朝日新聞社会部記者、藤井恒男陸軍中尉である。防衛当局は軍を守ることでの「軍防空」を頭におき、その軍の統率者である天皇の身を第一に考えたことにより、空襲警報発令は、第一弾投下から七分遅れとなって、事実上の効力を失ったのであった。

『写真版　東京大空襲の記録』(早乙女勝元編著　新潮文庫)

玄関の脇《わき》には土屋がいた。どうですか、とさすがに体調を気遣う彼に、「だいぶよくなったよ」と言ってから僕は、煙草をもう一本ねだる。一服してからゆっくりと慰霊堂の周辺を歩く。堂のすぐ横には、大きな花壇をドーム状に配置したようなモニュメントがある。「東京空襲犠牲者を追悼し平和を祈念する碑」と題されたその碑文を、以下に引用する。

第二次世界大戦で、東京は、昭和17年4月18日の初空襲から終戦当日の昭和20年8月15日に至るまで、アメリカ軍の度重なる空襲により甚大な被害を受け、大方が非戦闘員である多くの都民が犠牲となりました。

こうした東京空襲の史実を風化させることなく、また、今日の平和と繁栄が尊い犠牲の上に築き上げられていることを次の世代に語り継ぎ、平和が永く続くことを祈念するための碑を建設しました。

この碑の建設に当たっては、「東京の大空襲犠牲者を追悼し平和を願う会」の呼びかけにより、多くの方々から寄附が寄せられました。

斜面を覆《おお》う花は生命を象徴しています。碑の内部には東京空襲で犠牲になった方々のお名前を記録した「東京空襲犠牲者名簿」が納められています。

平成13年3月　東京都

「史実を風化させることなく」と謳《うた》うのなら、そして「斜面を覆う花は生命を象徴していますす」などとリリカルに記す余裕があるならば、「甚大な被害」の一言で片付けるのではなく、具体的にどれほどの死傷者があったのかを記すべきだろう。美辞麗句が踊る。平和への祈りは尊い。当たり前だ。誰もが平和を願う。誰もが平和を祈る。でも戦争は終わらない。人は殺しあう。だからこそ、何を願い、どう祈るかが重要なのだ。

後で知ったことだが、この日の法要に参加した石原都知事は、「恒久平和と永続的な安全を実現するため、戦争の悲惨さと天災の脅威を語り継いでいきたい」と追悼の辞を述べたという（前述したように、十分ほど遅刻した僕は、彼のこの言葉を聞くことができなかった。おそらく出番が終わった彼は、さっさと帰ってしまったのだろう）。「語り継いでいきたい」というフレーズばかりが語り継がれ、「語り継がれるべきこと」はいつのまにか色褪《いろあ》せて消失する。

語り継ぐべきことは被虐《ひぎゃく》だけではない。加虐についても僕たちは忘れてはいけない。これほどの惨事となった東京大空襲で米軍が投下した爆弾の総量は、日本軍が中国戦線で繰り返してきた重慶爆撃における全投下量の十パーセントでしかないとの試算もある。

表と裏。それはまるでメビウスの帯のように循環する。長く被虐の民だったユダヤ人が建国したイスラエルが、パレスチナ人や周辺諸国を加虐するように。だからこそ僕たちは、歯を食いしばってでも、被虐と加虐の双方を凝視しなくてはならない。被虐は加虐に反転する。加虐も被虐に反転する。どちらもが表であり裏でもある。こうして連鎖は続く。これを断ち切るためには、自分たちが連鎖の只中《ただなか》にいることを実感すると同時に、加虐と被虐の犠牲となって死んでいった男や女や老人や子どもたちのことを、だれもが被害者であると同時に加害者にもなりうるということを、記憶の襞《ひだ》にしっかりと刻むことなのだ。

大切なことは語り継ごうとする意思ではなく、語り継がれるべき内容だ。僕は周囲を見渡す。老人たちの焼香の列はまだ続いている。ふと気がついた。この法要はあからさまに仏式だ。他宗教への配慮はまったくない。

祈りと宗派との問題は、もちろん靖国でも重要なイシューとなっている。だからこそ無宗教の国立戦没者追悼施設を設置しようとの議論が、ずっと続いている。

その議論について記述するには紙幅が足りない。でも焼かれて死んだ十万人の一般市民たちを供養《くよう》するこの施設をめぐっては、そんな議論が生まれるレベルにすら、まだ達していないことだけは書いておきたい。

改めて資料を読めば、その被害がいかに大きかったかをつくづく実感する。ちなみに広島の原爆での死者数は推定で十四万人、長崎はやはり推定で七万人。死者の数からすれば、東京大空襲の一夜のほうが長崎よりは多い。

もちろん死者の数だけが重要なのではない。でも本来は震災被害者を慰霊するため に建立された慰霊施設が、東京大空襲の犠牲者を慰霊する唯一《ゆいいつ》の公的施設として兼用されていることからもわかるように、この国が六十一年前のあの未曾有《みぞう》の惨禍を、しっかりと直視しようとしてこなかったことは断言できる。

「私は慰霊堂には行かないの。あそこには家族の骨もないし、せめて広島や長崎、沖縄のように犠牲者の名前を碑に刻んでくれれば行くけれど、それもしてくれないし」

そう語ってくれた豊村美恵子は、東京大空襲で両親や兄弟を失い、さらには米軍戦闘機の機銃掃射で右腕を失った。豊村恵玉のペンネームで大空襲の体験談を執筆した彼女は、実は僕の家の二軒隣に一人で暮らしている。

「震災の犠牲者たちと分祀《ぶんし》してほしいとずっとお願いしているけれど、それは聞き入れてもらえない。しかも十日の法要の日以外は、慰霊堂を閉めきってしまうのよ。十日に死んだ人ばかりじゃないのに」

日本政府は軍人・軍属の遺族らに年金を支給しながら、民間人犠牲者に対しては、「雇用関係がない」ことを理由に補償の対象外としてきた。彼女も加わった遺族たちは国を訴えたが、昭和六十二年の最高裁では敗訴が確定した。この八月に向けてあらためて提訴の準備をしているが、司法の壁は厚い。

旧震災記念堂の左側には震災への用心を説いて「備えあれば憂《うれ》いなし」という表題が出ています。戦災受難者には、国と国との争いで惨禍を負わせた人災なのに、都民は、何を備えれば憂いがないというのでしょうか。

『みたびのいのち』（豊村恵玉　文芸社）

天災には備えが確かに必要だ。でも彼女が書くように東京大空襲の際には、「備えの意識」が逆に被害を拡大した。人災に対して必要なことは、備えることではなく、忘れないことなのだ。

第十一弾　桜花舞い「生けるもの」の宴《うたげ》は続く

台東区上野公園九番地

待ち合わせは上野の西郷さん。ベタだ。あまりにベタ過ぎる。ところが先に来ていた土屋眞哉は僕の姿を認めるなり、西郷隆盛の銅像を目にするのはこれが初めてだと口にした。

「まさか」

「傍を通ったことはあるけどね、まじまじと見るのはこれが初めてです」

言われて僕も、傍らの西郷さんに視線を送る。何度も来ている場所だけど、確かにまじまじと見るのは久しぶりだ。明治三十一（一八九八）年に竣工《しゅんこう》したこの銅像の製作者は、「智恵子抄」の高村光太郎の父親である彫刻家の高村光雲。筒袖《つつそで》に兵児帯《へこおび》という着流し姿は、故郷である鹿児島で犬を連れて狩りに行くところを表しているが、除幕式に参加した未亡人のイトは、「うちの人はこんなみすぼらしい格好をしてなかった」と嘆き悲しんだと伝えられている。確かに普段着として着流し姿であったかどうかはともかくとして、軍人や政治家の銅像の衣装といえば、軍服かタキシード、羽織袴《はかま》などの正装が普通だろう。これほどにくだけた衣装の銅像は、他にはちょっと思いつかない。

江戸城無血開城の立役者であり、日本で最初の陸軍大将でもあった西郷は、西南の役では賊軍となった。つまり反政府軍。今風に言えば、反体制運動のリーダーだ。日本で最初の公園である上野公園の歴史は、西郷隆盛だけでなく、この国の近代が作られる過程の反体制活動と、とても深い因縁がある。

そもそもは徳川体制が確立した頃、上野山には徳川幕府の外様《とざま》大名である藤堂高虎《とうどうたかとら》の屋敷があった。浅井長政の足軽から始まって、豊臣秀吉に仕えながら、秀吉の死後は家康に接近して関が原の合戦の際には東軍についたことで、高虎は歴史小説などでは変節漢や走狗《そうく》などと形容されることが多い（ただし最近の研究では、主君への変わらぬ忠誠が美徳とされたのは江戸時代以降の儒教文化の影響であり、高虎の時代には主君を変えることは珍しいことではなかったとの説もある）。いずれにせよ、これも視点を変えれば反体制だ。

やがて、この地が江戸城の丑寅《うしとら》（北東）の方角にあたることから、三代将軍徳川家光は天海僧正に、鬼門を封じるために寛永寺の設立を命じる。その後寛永寺は、芝増上寺とともに将軍家の菩提寺《ぼだいじ》となり、栄華を誇る時代が長く続く。

　時代が明治へと変わる慶応四年（つまり明治元年）、徳川慶喜による新政府への恭順を不満とする旧幕臣たちが中心となった彰義隊は、この寛永寺を拠点としながら、反政府活動を続けていた。同年五月、アームストロング砲を装備した官軍による彰義隊への討伐が始まり、二百数十名の死者を出して彰義隊は潰滅《かいめつ》させられる。

　彰義隊が決起した理由のひとつは、西郷と勝海舟による江戸城無血開城だ。つまり彰義隊にとっては、この時期の西郷隆盛は敵《かたき》のような存在だったはずだ。

　ところが彰義隊と官軍との衝突が上野近辺で頻発し始めた頃、官軍の西郷隆盛は、あくまでも説得工作を主張した。これを却下して最終的に武力鎮圧を選択した大村益次郎は、当時は軍務官判事の地位に就いていた。

　翌年の戊辰《ぼしん》戦争鎮圧の功績で新政府の幹部となった大村益次郎は、犠牲となった官軍兵士を祀《まつ》るために東京招魂社を設立する。もちろんここには、賊軍である彰義隊や、その後に西南の役を起こした西郷隆盛の御霊は祀られてはいない。彰義隊の戦死者碑は、西郷像のすぐ傍の木陰に、ひっそりと建立《こんりゅう》されている。

　戊辰戦争が終わったその年に、大村益次郎は過激な攘夷《じょうい》派に暗殺された。東京招魂社は後に靖国《やすくに》神社へと改称され、大鳥居から続く参道には、創設者である大村益次郎の銅像が建てられた。上野に西郷像ができた頃とほぼ同時期だ。靖国神社に行ったことがある人ならわかると思うが、大村益次郎の銅像は、とにかく台座が異様に高い。

これほどに台座を高くした理由は、上野の山という高台に建立されることが決まっていた西郷像と、同じ高さにするためだったとの説がある。あるいは大村益次郎の視線の高さに合わせるために、西郷像の立地には上野の山が選ばれたとの説もある。

だから二人の視線は、ちょうど対面するように作られているともいう。話としては面白いが真偽は不明。いずれにせよ、日本陸軍の黎明期《れいめいき》に共に重要な役割を果たしながら、それぞれ薩摩《さつま》と長州を象徴する二人の生きかたやキャラクターは、まったく好対照だ。実際に不仲でもあったらしい。

首相参拝問題で最近は何かと話題にのぼる靖国神社だが、上野と九段という二つの地点を視点において俯瞰《ふかん》すれば、その歴史に、薩摩と長州の覇権争いの構図も見えてくる。特に国体護持という意味合いにおいては、上野は靖国の裏バージョンだ。

官軍と彰義隊が闘った上野戦争で寛永寺は焼失し、上野の山一帯は焼け野原となった。その後、この地は明治政府が接収し、病院建設などが予定されていたが、結局は明治六年に、日本最初の公園として一般に公開される。

明治十八年、公園は御料地に指定されて宮内省の管轄《かんかつ》となるが、大正十三年には皇太子（後の昭和天皇）の婚儀の慶事記念として、東京府に下賜《かし》された。正式名称である上野恩賜公園の由来は、ここからきている。

「……やっぱり遅すぎたかなあ」

舗道の両側に植えられた桜並木を眺めながら、土屋がつぶやいた。東京の桜の開花ピークは先週末だったから、この日はすでに一週間が過ぎている。確かに並木のほとんどは、もう葉桜になりかけている。

「例年はどうなんだろう」

「例年は今頃がピークなんです。今年は開花時期が早かったようですね」

それでもよくよく周囲を見渡せば、ソメイヨシノについては確かに開花のピークを過ぎてはいるが、種類が微妙に違うのか、まだ蕾《つぼみ》の段階の桜もけっこう目につく。花見のメインストリートである通称桜通りの両側には、花見客が持ち込んだらしいビニールシートが、びっしりと切れ目なく敷かれている。その三枚に一枚くらいの割合で、場所取りらしい背広姿のサラリーマンが、シートの真中で寒そうに、背中を丸めて本などを読んでいる。土屋が思い出したように言う。

「そういえば、場所取りのアルバイトをしようとしたホームレスが逮捕されたようですね」

僕もその報道は知っていた。容疑は東京都迷惑防止条例違反だけど、逮捕されたホームレスは、少なくとも誰にも迷惑をかけてはいない。まあ公共の場所を占有することの是非の論議はあると思う。でもそれならば、そもそも場所取りそのものが条例違反であるはずだ。僕のその疑問に、土屋は少しだけ考え込む。

「お金のやりとりは、さすがに見逃せないというところでしょうね」

「でもさ、裁判の傍聴席の抽選にメディアは学生アルバイトを動員するけれど、あれだって公共の場の占有だよね。花見の場所取りのバイトと何が違うのだろう？　いや、もっと悪質だよな。重要な裁判を傍聴する機会を、実質的に国民から奪っているのだから」

「確かにそうですね」

頷《うなず》く土屋の顔の向こう側に、多数のカラスが舞っている。すぐ至近距離だ。思わず足を停めて眺めれば、数にすれば百羽ほどが、舗道脇《わき》の藪《やぶ》の中に集まっている。鳴き声も凄《すご》い。通行人や花見の場所取りの人たちが、困惑したように眉《まゆ》をひそめている。

でももっと驚いたのは、そのカラスの群の真中に、ひとりの中年男がいることだ。

ビニール袋を片手にぶら下げた男は、パン屑《くず》のような餌《えさ》を撒《ま》いている。近づいた僕に気がついたカラスたちは、一旦《いったん》は少しだけ距離を置いたが、すぐにまた傍に寄ってきた。

「ハトなんかより面白いんだよ。カラスは利口だからな」

顔を上げた中年男は、少しはにかみながら小声でつぶやいた。確かに餌をついばむカラスたちの表情は、ハトに比べればずっと感情豊かだし、反応もはるかに知性的だ。それに何よりも、近くに寄って見れば意外に可愛《かわ》い。

でもそのカラスも、平成十三年以降、増えすぎて人や他の生態系に害を与えるとして、東京都では駆除の対象だ。

1、西南の役以降、この国には内戦は一度もない。

2、場所取りで小銭を稼いだホームレスは逮捕される。

3、黒くて喧《やかま》しいカラスも、捕獲されて処分される。

脈絡のない事例を並べたけれど、ひとつ共通する要素を挙げるとしたら、この国の管理支配体制は相当に堅固である、ということになるような気がする。……強引すぎるかな。でもね、どっちにしても僕は苦手だな。この国のこんなところは。

目の前には、上野動物園の表門がある。「じゃあ入りましょうか」と言いながら先を歩く土屋の歩調に迷いはない。入場料は大人六百円。「安いなあ」と土屋が感嘆の声をあげている。確かに東京ディズニーランドによく行っている人にとっては、入場料六百円は肩透かしとでも形容したくなるほどに安い。

もしかしたらと思って「ここは何回目？」と訊《たず》ねると、予想通り「動物園は初めてです」との答えが返ってきた。

「初めて？　今まで一度も来たことがないの？」

「当然です。初めてですから」

歌舞伎《かぶき》町では裏道の一本一本まで熟知している土屋だが、動物園以外にも博物館や美術館などが密集する文化の薫り高いこの地域には、どうやら徹底して縁が薄いようだ。そんな文章を頭の中で考えていたら、まるでテレパシーで感応でもしたかのように、土屋がふいに、こんなことを口走った。

「ただし、これは書いてもらってもいいけれど、ここの美術館は好きでよく来るんですよ」

「書かないよ」

「去年も何度か来ましたよ。絵を見ることは好きなんです。我ながら意外な趣味ですね。これは書いてもいいですよ」

「だから書かないってば」


子供の頃、学校が終わってみんなが校庭で野球やドッジボールに興じているときに、僕はいつもまっすぐ帰宅して、一人で家の近くの野原で、虫やトカゲを探していた。

単に虫やトカゲが好きだったからということだけではなく、父親の仕事の都合で転校が多く(またこの頃は重度の吃音《きつおん》だったこともあり)、クラスに友人が少なかったことも、一人遊びが多くなった理由だと思う。

でもとにかく、虫やトカゲはいつも身近にいた。この頃に捕まえて飼育した小動物を、思い出すままに以下に書き出してみる。

カナヘビ、ダンゴムシ、アリ、カマキリ、カブトムシ、クワガタ、ヒヨドリ、スズメ、アブラコウモリ、アマガエル、トノサマガエル、ヤゴ、ゲンゴロウ、ミズカマキリ、メダカ、アメリカザリガニ、サワガニ、クサガメ、アリジゴク、シマヘビ、コオロギ、ケラ、アカハライモリ、ヤモリ。

……もっとじっくり思い出せば、まだまだたくさんいると思う。飼育はしなかったが捕まえただけなら、セミやトンボなど他に幾らでも言える。とにかく冬季は別にして、常に何かを飼っていた。それだけ昆虫や小動物が好きだった。だから昼食一食分で入園できる上野動物園は、お金のなかった学生時代にも時おり一人で来ていたし、デートコースとしてもよく利用した。

表門を入り、キジ類が飼育されているケージを横目に、まずはパンダ舎に足を運ぶ。相変わらずここだけは、入園者の密度が突出して高い。ガラスの向こう側でリンリンは、どっかりと床に腰を下ろしたような格好で、手にしたサツマイモを食べていた。

パンダの正式な名称はジャイアント・パンダ。このときに上野動物園で飼育されているジャイアント・パンダは、リンリンと名づけられたこの雄が一頭だけだった。つまり歴代のパンダたちのほとんどは、この飼育場で死んでいった。

パンダの次はゾウ。柵《さく》の前で土屋は、「大きいなあ」を連発している。太平洋戦争中の昭和十八年、戦時猛獣処分が行われた。空襲でもしも檻《おり》が壊れて猛獣が逃げ出したときのためにと、園内の猛獣のほとんどは毒殺されたが、賢いゾウは毒餌をどうしても食べず、最後にはやむなく餓死させたという。

隣接する「ゴリラの住む森」と「トラの住む森」は、どちらも平成八年に展示が開始された新しい施設だ。檻の中に閉じ込めた動物を周囲から観察するという従来の発想を覆《くつがえ》し、広大な施設の中に森のような環境を再現して、人間は幾つかあるガラス窓から中を覗《のぞ》くという方式を採用した。

自然に近い環境を再現したことで、「ゴリラの森」では、シルバーバックと呼ばれる巨大なオスを中心にして、複数のメスとその子供たちによるハーレムが形成された。つまり自然の生態が再現された。一枚のガラス窓のすぐ向こう側に、メスのゴリラが蹲《うずくま》っている。「大きいなあ」と土屋がつぶやいている。メスのゴリラは、ビニールシートを頭から被《かぶ》っている。ずれかけては何度も被り直している。注意書きによれば、被りものがとにかく好きなレディらしい。

「トラの森」に足を運ぶ。多くの見物客たちが集まりながら歓声をあげているガラス窓に近づいてみると、一頭のトラが、ガラスのすぐ向こうで大きく身体《からだ》をのけぞらせたところだった。ガラスを挟んでいるとはいえ、距離にすればまさしく数センチ。確かにかなりの迫力だ。そのトラを見つめながら、「やっぱりでかいなあ」と土屋が吐息をついている。他に台詞《せりふ》はないのかよ。

「イナバウアーですね、これは」

なるほど。言われてみると確かに。のけぞるその瞬間のポーズは、トリノ・オリンピックのフィギュアスケートで荒川静香選手が披露したイナバウアーそのままだ。

見ているうちに気がついた。イナバウアーのトラは、ガラスに前肢を当てながら身体をのけぞらし、それから森の中の同じコースを同じ速度で歩き、そしてまたガラスの同じ位置に戻ってきて身体をのけぞらせるという動作を、延々と何度も繰り返している。

動物園では時おり、動物たちのこんな仕草を見かける。数年前に見たドール（山犬の一種）は、もっと規則的に同じ動作を反復していた。もちろん野生状態では、同じ動作を繰り返すことなどありえない。一種の拘禁反応なのだろう。人間でも、同じ動作を繰り返すことは精神病の典型的な症状のひとつだ。そういえば常にぼろきれやシートで頭を覆《おお》っているさっきの雌ゴリラも、見方によっては、かなりストレスがたまっているとも考えられる。

「……そもそも動物園って何でしょうね」

東園から西園へと向かうモノレールの中で、土屋がぼそりと言う。僕も同じことを考えていた。そもそも動物園って何だろう。

広辞苑によれば、「各種の動物を集め飼育して一般の観覧に供する施設」となる。うん。予想はしていたけれど素気ない。まあそれはそうだねと頷くしかない。

動物園の存在理由のヒントとしては、「（動物の）種の保存」と「（人間の）環境教育」の二つの言葉がよく挙げられる。この二つのフレーズに対しては誰もが感じることだろうけれど、半分は明らかに建前だ。野生の動物を安全な場所から見たいとする人間の好奇心とエゴイズムが、動物園が存在する大きな理由であることは否《いな》めない。彼らはここで飼育されて一生を送る。それが幸せな生涯であるはずがない。特に近年は、野生動物の減少とそれに伴う保護運動の高まりで捕獲が難しくなったため、動物園内での繁殖に各動物園はとても力を入れている。つまり彼らは、生まれてから死ぬまで、飼育環境という狭い世界しか知らないのだ。自由を知ることで自由への渇望が生まれるのに、これでは反体制運動も生まれない。

『動物園にできること』（文春文庫）は、動物にとっての本来の生息地をできるだけ再現する「ランドスケープ・イマージョン」型展示と、飼育下にある動物の精神的健康の向上を試みる「エンリッチメント」の二つを視点にしながら、アメリカの動物園事情を取材したルポルタージュだ。単行本が出版された七年前には、動物園関係者のあいだでは、特に大きな話題となった。タイトルにある「動物園にできること」への問いに対して、著者である川端裕人は、最後に、以下のように書いている。

つくづく思う。動物園というのは、本当に多義的な場所だ。必然的に様々な価値観がせめぎあい、唯一無二《ゆいいつむに》の正解などだれにも分からない。（中略）そこから先の課題は、大いなるジレンマのもと、動物園人、個々人がキャリアの中で工夫しつつ、悩みつつ、乗り越えていくべきものだ。

「大いなるジレンマ」は、動物園だけに存在しているわけではない。命にかかわるすべての領域に、この矛盾や葛藤《かっとう》はついて回る。少なくとも僕にとって、動物園は、そんな矛盾を自覚させてくれる場所でもある。

閉園の時間が近づいてきた。西園の両生爬虫類館《はちゅうるいかん》の見学を早足で切り上げて、僕と土屋は再び表門へと向かう。職員はもう片付けを始めている。出口脇の警備員に、「慰霊碑はどこですか」と慌《あわ》てて訊ねたら、とても親切に案内してくれた。

さっきは気づかなかったけれど、パンダ舎とゾウ舎とのあいだの少しだけ奥まった敷地に、慰霊碑はひっそりと建立《こんりゅう》されていた。戦時中に毒殺されたトラやライオン、餓死を選択したインドゾウや歴代のパンダたちも、ここに祀《まつ》られているはずだ。

園の外に出れば夕暮れだ。昼過ぎには閑散としていた桜通りにも、いつのまにか花見客たちの姿が増えている。そのほとんどはサラリーマンと大学生だ。宴会が始まる前の昂揚《こうよう》が、封を切ったばかりの酒瓶のアルコールと揮発しながら混ざり合って、頬を吹きすぎる風が何となく甘酸《あまず》っぱい。

見上げれば多少は葉が混じっているとはいえ、桜の白い花弁は、確かに暗がりでは凄惨《せいさん》なくらいに美しい。

「桜の木の下には死体が埋まっていると書いたのは誰でしたっけ」

土屋が言う。

「安吾だよ」

「『桜の森の満開の下』だったかな」

「うん。確かそんなタイトル」

実はこれ、二人とも不正解。「桜の森の満開の下」で坂口安吾は、満開の桜の木の下で人は怖《おそ》ろしさのために気が狂うというようなことを書いているけれど、死体が埋まっているとは書いてはいない。

正解は梶井基次郎だ。

馬のような屍体《したい》、犬猫のような屍体、そして人間のような屍体、屍体はみな腐爛《ふらん》して蛆《うじ》が湧《わ》き、堪《たま》らなく臭い。それでいて水晶のような液をたらたらとたらしている。桜の根は貪婪《どんらん》な蛸《たこ》のように、それを抱きかかえ、いそぎんちゃくの食糸のような毛根を聚《あつ》めて、その液体を吸っている。

　何があんな花弁を作り、何があんな蕋《ずい》を作っているのか、俺は毛根の吸いあげる水晶のような液が、静かな行列を作って、維管束《いかんそく》のなかを夢のようにあがってゆくのが見えるようだ。


「桜の樹の下には」（新潮文庫『檸檬《れもん》』所収）

　いつのまにか陽が暮れている。僕と土屋は、桜通りから東照宮へと向かう参道に並ぶ露店で、ビールにおでん、煮込みなどを買い求め、やはり路上に置かれたテーブルで、ちびちびと酒を飲んだ。中座してトイレに行くために桜通りを横切れば、ほとんどのビニールシートの上は、まさしく宴たけなわの賑《にぎ》わいだった。

　様々な死体がある。その上で様々な生が繰り広げられる。でもその生も、順繰りに地面の下へと埋葬される。

　結論。上野公園は、国家体制への反逆者からあらゆる種類の動物まで、東京におけるマージナルな慰霊の空間だ。

第十二弾　高層ビルに取り囲まれる「広大な市場」

港区港南二丁目

椅子《いす》に座るとほぼ同時に、土屋は煮込み定食を注文した。渡されたメニューを上から下まで眺めながら少しだけ考えたけれど、結局は僕も、煮込み定食を注文した。男二人で同じメニューというのも何だか気恥ずかしいけれど、道頓堀に行けばたこ焼が食べたくなるように、あるいは名古屋に行けば味噌《みそ》カツが食べたくなるように、そしてシアトルに行けばシーフードが食べたくなるように、やっぱりここに来れば、食べたくなるのは煮込み定食だ。

東京都港区港南二－七－一九。ＪＲ品川の駅を降りて港南口に向かい、駅前の大きな広場を右手に五分も歩けば、周囲を近代的な高層ビルに囲まれた、東京都中央卸売市場食肉市場の建物が見えてくる。

この東京都中央卸売市場食肉市場は正式名称だ。長い。おまけに市場という言葉が二つも入っている。だからこの正式名称を使う人はあまりいない。かつてのこのあたりの地名を使った「芝浦と場」が一般的だ。「品川と場」と呼ぶ人もいる。

でも「と場」も不思議な言葉だ。ひらがなと漢字が混在している。この「と」は、以前は漢字だった。動物などを殺すときなどに使う「屠《ほふ》る」の「屠」だ。「トジョウ」と発音しても、一般の人にはなかなかわからない。かつては「屠《と》殺場《さつば》」と呼んでいた。でもこの用語は、今はほとんど使われない。そもそもほとんどのパソコンの日本語変換機能は（ほとんどと書いたのは、全部の機能を僕が試していないからだ。でもたぶん、すべてと書いても間違いじゃないと思う）、トサツを変換しない。もしあなたの手許《てもと》に今パソコンがあるのなら、試してみればいい。つまり「屠殺」なる言葉は、今の社会通念としては死語の扱いなのだ。

でも最近は、この「と殺」という言葉も一般的ではない。「殺」の字を外し、「屠畜」、あるいは「と畜」と言い換えられる場合が多いようだ。品川区のホームページには、以下のような記述がある。

牧場や養豚場で育てられた牛や豚は、「と場」で食肉解体（と畜解体）され、食肉市場でセリにかけられ、仲買人などを通してお肉屋さんやスーパーの店頭に並びます。

と畜場法によれば「と畜場」の定義は、「食用に供する目的で獣畜をとさつし、又は解体するために設置された施設」とされている。この場合の獣畜とは、牛や豚、山羊《やぎ》や綿羊、そして馬だ。

だからウサギなどの野生動物を対象とした狩猟の場合や、面白半分に動物を殺す人がもしいたとしたら、その場合は「と殺」という言葉は使わない。「と殺」の定義は、あくまでも家畜を食用に供する目的で屠る行為なのだ。

何だかどうにもややこしい。資料を横に原稿を書く僕もそう思うのだから、読者はもっと混乱するだろう。屠殺がと殺になってと畜へと変遷《へんせん》するこの過程には、言葉に対しての自信のなさが現れている。逡巡《しゅんじゅん》や後ろめたさのような情感が微量の残滓《ざんし》となりながら、舌の裏からどうしても拭《ぬぐ》えない。

ふと思う。この連載でとりあげる場所には、呼称が安定していない場所が多い。直視することへの躊躇《ためら》いが、長い年月とともに堆積《たいせき》して、まるで場に憑依《ひょうい》でもしたかのように。

いずれにせよ一般の人たちは、少し前までは、この施設を屠殺場と呼んでいた。それがいつのまにか、「屠場」になり、そしてまた「屠」の字がひらがなの「と」になった。屠と殺は意味としては同じだから、殺を省略したとする説もある。でもきっと（というか絶対に）、それだけじゃない。

狩猟を生業にしていた縄文時代を引き合いに出すまでもなく、かつて日本人は普通に肉類を食していた。しかし大陸から伝来した仏教の殺生禁断の教えに日本独自の穢《けが》れの思想などが融合し、穢れた行為とされた食肉は、それから江戸時代が終わるまで、社会的には禁忌とされてきた。

しかし食肉はタブーの時代でも、武具の素材となる動物の皮革は重要な資源であり、また農耕や運搬用の牛や馬が死んだ場合には、疫病の蔓延《まんえん》を防ぐためにも、これを解体処理する作業が必要となる。それに実のところ「薬食い」などと称しながら、一般はもちろん武士階級も、こっそりと肉を食べていたらしい。その名残が、桜肉や牡丹《ぼたん》鍋《なべ》などの呼称だ。書くまでもないけれど、桜は馬の肉を、そして牡丹は猪《いのしし》を示す符丁である。ウサギを今も一羽二羽と数える理由は、鳥の肉として流通させたから（鳥肉を食べることはタブーではなかった）との説もある。

こうして時代が明治になるまでの千三百年にわたって、食肉は表層的なタブーや穢れとされながら、実質的にはこれを無効とする内圧が、絶えず外側に向かいながら疼《うず》き続いていた。さらには、死牛馬の処理という「穢れ」に触れる階層が、「賤業《せんぎょう》」や

「卑しい仕事」として被差別階層の一つの要素となり、身分制度を骨格とする統治システムに組み込まれたことも、食肉への屈折した忌避意識を醸成した。

……とここまで早足で書いたけれど、実は被差別部落の発祥や歴史については諸説ある。僕が記述した沿革はその一つであり、「カワタ」（皮革業に関わる人たちの俗称）と「穢多非人《えたひにん》」との関係は単純ではないし、まだ未解明な領域も大きい。でもいずれにしても、食肉とその周辺は、「穢れ」という意識を媒介にしながら、この国の被差別構造と強い関わりがあったことは間違いない。かつては蔑視《べっし》の対象とされ、近代では蔑視とともにこれに対しての後ろめたさや抗議への恐れなどが付随したために、この構造そのものが、特にマスメディアなどの位相では、より不可視な領域に追い込まれてしまったという側面は間違いなくある。

食品流通の中枢《ちゅうすう》が市場なら、情報流通の中枢はマスメディアだ。そのマスメディアが情報を卸さないのだから、差別問題についての流通が閉塞《へいそく》することは当然だ。こうして不可視の領域はますます拡大する。その典型的な症例として、僕は「放送禁止歌」をとりあげたテレビ・ドキュメンタリーを企画して演出した。深夜に放送されたその番組をたまたま目にした「新潮45」の早川清編集長（当時）が、「この番組を作った男にインタビューしてこい」と命じたのが土屋眞哉だ。その土屋は、僕へのインタビューを途中で切り上げて、「森さん、あなたね、自分で書いたほうがいいと思う」と言ったことは、この連載の初回に書いた。これが僕にとっての本格的な商業誌デビューとなる。その土屋は今、テーブルを挟んで僕のすぐ目の前で、煮込み定食を食べている。考えたら不思議な因縁だ。

守衛室の横を左に曲がれば、刃物や白衣などを売る小さな店が並んでいる。定食屋「一休」はその一軒だ。煮込み定食の主菜は、言うまでもなく牛モツの煮込みだ。何しろすぐ横では、一日に平均六百頭もの牛が搬送され、解体されている。まさしく産地直送の煮込みだけど、煮込みそのものの量は意外に少ない。でも嚙《か》み締めればわかるけれど、一つひとつの肉の歯応《はごた》えは実に強い。弾力がありながら柔らかい。味噌汁にもモツの破片が浮かび、定食全体のボリュームは相当にある。食べながらふと視線を上げれば、煮込みの皿を手にしながら土屋は、じっと何かを考え込んでいるような表情だ。

「前もこれを食べましたっけ？」

訊《たず》ねられて僕も記憶を辿《たど》る。ここに来たのは今日で三回目。そして土屋とここに来るのは、確かにこれが二度目になる。

初めてと場を訪ねたときの同行人は、単行本『放送禁止歌』の装画を担当した内澤旬子と、解放出版社の担当編集者である多井みゆきの二人だった。五年ほど前だったと思う。

そして二回目は、時制としては二年ほど前、東京都が主催する見学会に、土屋を誘って二人で参加した。もちろんこの連載が始まる前ということになるが、そういえば土屋はあの頃から、いずれ連載が具体的になったら、ここも是非取材候補に入れましょうなどと言っていた。

「……と場に来るのは三回めだけど、この店で煮込みを食べるのはこれが初めてじゃないことは確かだよ」

「僕もね、偶然だけど今日で三回目になりますね」

土屋の言葉に僕は頷《うなず》いた。前にもその話は聞いている。新潮社が出版した書籍がと場に対しての差別的表現を使ったときに、啓発のための研修見学会が、この芝浦と場で催された。問題になった書籍の担当ではないけれど、土屋はその見学会に社員の一人として参加したらしい。彼にとっては、それが初めてのと場体験だ。

僕も土屋も、前回と前々回は牛や豚を解体する工程を見学することができた。でも今回の訪問でそれは許されていない。構内をうろつくだけだ。

一昨年、僕は『いのちの食べかた』という本を書いた。理論社の「よりみちパン！セ」という子供向けのシリーズの一冊だ。今回の訪問で牛や豚の解体を見学できない理由には、この『いのちの食べかた』の内容と執筆の過程が関係しているのだけど、自分の作品の趣旨を自分で要約することは難しい。書きながらどうしても嘘《うそ》っぽい気分になって落ち着かない。だから第一章の冒頭の一部を、ばっさりと以下に引用する。

パックに入った挽肉《ひきにく》やレバー、ステーキや豚コマに牛タン。いろんな肉がある。でも最初からその形じゃない。そりゃそうだ。このパックの中の肉だって元の形がある。生きていた牛や豚や鶏だ。そこまでは誰だって分かる。じゃあその牛や豚や鶏が、どんな過程で、このパックになるのだろう？　パックになる前はどんな形をしていたのだろう？　その前はどうだろう？　どうやって切り分けられたのだろう？　生きているときはどこにいたのだろう？　どんな生活をしていたのだろう？　どうやって死んだのだろう？

牛は牧場にいる。豚や鶏は飼育小屋にいる。彼らはどこかに運ばれる。そこまでは分かる。そして次には、牛や豚はパックに入れられてスーパーの棚に並んでいる。

その「あいだ」がない。生きている牛や豚と、パックの「あいだ」に、何があったかを君は知らない。君だけじゃない。僕らは知らない。たしかに想像はつく。彼らは殺される。殺されて解体される。そして切り分けられて、最後は発泡スチロールのパックに入れられて、フライパンや鍋の中で、いろんな料理の材料になる。ならば牛や豚は、どこで、どんなふうに殺されるのだろう？　誰が殺すのだろう？　誰が解体するのだろう？

分からないね。分からないことだらけだ。魚は分かるのに、肉は何も分からない。テレビでもやらないよね。魚の市場はよくテレビでも紹介されるのに、肉の市場は（もしあるのなら）、どうしてテレビで紹介しないのだろう？　その理由も分からない。

こうして始まるこの本の中盤で、僕は牛や豚の解体の様子を描写した。自分としては当然のことだった。読者に想定した中高生にとっては、かなり刺激の強い描写にならないかと危惧《きぐ》する人もいたけれど、その刺激にこそ意味があるのだと考えた。知って傷つくことはもちろんたくさんある。知らなければよかったと後悔することもたくさんある。でも一時的にはダメージがあったとしても、知るべきではないことなど、この世界にはひとつもないと僕は思っている。

ゲラの段階になった頃、「解体の過程について書くのならと場の了解をとらねばならない」と関係者からアドバイスされた。僕は了解をとっていなかった。他意はない。そんなルールがあることに思い至らなかったのだ。その時点で了解をとればよかったのだけど、僕はそのとき、まるで検閲を受けねばならないと言われたように感じて意地になった。それは違うとの思いがどこかにあった。

差別問題は単純ではない。その歪《ゆが》みの根源が、差別される側ではなく差別する側にあることは当然だけど、どんな構造でも長く時間を経れば、様々な癒着や腐敗や制度疲労が現れる。だから同和利権などと呼称される弊害が現れる。

ただし忘れていけないことは、根源的には「何の根拠も正当性もない差別である」ということだ。だからこそこんな下らない制度のために、傷ついたり不利益を被《こうむ》ったり、場合によっては自ら命を絶つ人まで現れる差別問題に対して、僕はできる限りは発言する。絶対に誰にも止められたくない。……そんな高揚があっただけに、僕はこの「と場関係者の了解をとるべき」とのアドバイスに、この時点では反発した。差別問題やと場の周辺が、メディアにおいてはじんわりとしたタブーとなってしまっていることも、必要以上に過剰に反発してしまった理由のひとつではあるだろう。

とにかくそういう経緯で、『いのちの食べかた』を書いた僕は、芝浦と場にとっては要注意人物となったようだ。今回も解体工程の見学を非公式に打診したのだけど、最終的には拒絶された。仕方がない。テレビや書籍などの差別的表現は、これまでに何度も繰り返されてきた。大勢の人が傷ついてきた。と場側が必要以上にナーバスになることは、ある意味で当然なのだ。煮込み定食を食べ終えた土屋が、「さて、これからどうしましょうか」とつぶやいた。

見学はできないのだから特にやるべきことはない。二人でしばらく構内をうろついた。その途中、僕は携帯電話で何人かの友人に連絡をとった。ここで働く友人たちだ。もしもまだ昼休みなら、会って話せないかなと考えたのだ。でもまだ作業が終わっていないのか、携帯はいずれも留守電の状態だった。

友人である彼らとは、今もたまには連絡を取り合うし、飲み友達も何人かいる。ただし個と組織とは別だ。違う力学が働く。これもまた仕方がない。別にこの場所に限ったことではなく、共同体に帰属しないことには生きていけない人類が、宿命的に抱く属性だ。

昼過ぎの構内は、午前中の喧騒《けんそう》が嘘のように静まり返っている。なぜならと場の朝は早い。解体作業のほとんどは午前中で終わる。だから解体作業に従事すると場労働者たちは、夕刻前にはもう仕事を終えている人が多い。かつては帰宅する人もいた。しかし昭和五十五（一九八〇）年に東京都の直営となってから、一部の都民から「なぜ早く仕事を終えるのだ」との苦情が相次いだ。タックス・ペイヤーとしては見過ごせないというところなのだろうが、解体の仕事を午前中に終えねばならない理由は、午後には内臓の仕分けなどの作業があるからだ。午後に解体していては、内臓の仕分けが翌日の作業となる。鮮度が何よりも重要な内臓は、これでは商品にならない。

ならば解体の仕事を終えてから、午後は規定の時間まで別の仕事をさせろと言う人はいるだろう。でも以前、実際に作業の様子を目前で見た僕は、とてもじゃないがそんな台詞《せりふ》を口にはできない。それほどに肉体的には過酷で、危険が伴うだけに集中力が要求される仕事だ。

搬送されてきた牛や豚は、原則的には一晩、けい留所で休息をとり、翌早朝に水で身体《からだ》を洗われ、健康状態の検査が行われてから、解体の工程に回される。牛の場合は、一頭がやっと通れるだけの幅の通路に追い込まれ、先頭の牛から順番にノッキングを受ける。この光景は、まるで一頭ずつ、押し当てられたピストルで額を撃ち抜かれているように見えるが、額に当てられたピストルの銃口から出るのは弾丸ではなく、ノッキングペンと呼ばれる細い針だ。

銃口から飛び出す針の長さは三センチほど。眉間《みけん》を撃たれると同時に脳震盪《のうしんとう》を起こした牛は硬直し、次の瞬間、通路の側面の鉄板が開かれ、段差にすれば一・五メートルほど下の床にまで、四肢をこわばらせて傾斜を滑り落ちる。

牛が斜面を滑り落ちてくると同時に、待ち構えていた数人の男たちが牛を取り囲む。頭に回った一人が、眉間に開けられた穴に金属製のワイヤーを素早く差し込む。一メートルほどの長さのワイヤーが、あっというまに牛の身体に吸い込まれて見えなくなる。

差し込まれたワイヤーは脊髄《せきずい》を破壊する。つまり全身が麻痺《まひ》するわけだ。牛によってはこの瞬間に、片足を痙攣《けいれん》させるなどの反応を示す場合もあるが、ほとんどの場合は無反応だ。

この時、ほぼ同じタイミングでもう一人が、首の下をナイフでざっくりと切る。切断された頸動脈《けいどうみゃく》から大量の血が迸《ほとばし》る。天井に取り付けられたトロリーコンベア（吊《つ》り下げ式のベルトコンベアと考えればよい）から下がる鎖に片足をひっかけられた牛は、宙に逆さまに吊りあげられる。

全身は麻痺しているが、牛はまだ死んではいない。心臓は動いている。血液は切断された頸動脈から床に大量に放血される。充分な放血は、美味《おい》しい肉の生産のためには不可欠な要素だ。

ノッキングからここまで、時間にすれば数十秒だ。放血を終えた牛が、トロリーコンベアで次の工程に運ばれるとほぼ同時に、次の牛が傾斜を滑り落ちてくる。最初のノッキングの位置を間違えれば、すべての手順が狂う。それどころか苦痛で牛が暴れだしたとしたら、たぶん取り押さえることは難しい。とても緻密《ちみつ》な作業だ。

頸動脈を切られて吊るされた牛は、次に頭を落とされ、さらに前脚が切断され、後脚も落とされる。豚の場合は、ノッキングではなく炭酸ガスで最初に睡《ねむ》らせる。それ以降の工程はほぼ同じだ。

最終的な検査を終えた枝肉はセリにかけられて、食肉卸業者を経由して小売の肉屋やスーパー、レストランなどに切り分けられて卸され、さらに小さく切り分けられる。こうしてやっと肉は店頭に並ぶ。

人気のない構内に、数台のトラックが止まっていた。荷台の檻《おり》の隙間《すきま》から、一列に並んだ牛の顔が覗《のぞ》いている。明日の解体に回される牛たちだ。

構内を一周してから、センタービルの六階に設置された「お肉の情報館」に足を運ぶ。オープンは九時から五時までだけど、館内には他に人の気配はない。受付に置かれた記帳の日付を見れば、一日の訪問客は（団体を別にすれば）、十人に満たないだろう。

学校の教室二つ分ほどの空間に、芝浦と場の歴史・沿革や、肉の解体工程、市場取引の流れ、などの各要素が、主にパネルで紹介されている。受付で名前を書くだけで、誰もが館内に入ることができる。さらに事前に予約さえすれば、ビデオで実際の解体の工程を見ることもできる。

館内の一画に「食肉の歴史と人権」と題されたコーナーがあり、過去に芝浦と場に送られてきた嫌がらせの手紙やハガキなどが展示されている。その文章の一部ですら、とてもじゃないが、ここに引用する気になれない。それほどに剝《む》きだしの悪意と禍々《まがまが》しい憎悪《ぞうお》が、偏執的な細かい文字を媒介にしながら、壁にびっしりと貼《は》り付いている。

「……何かね、こういうのを見ると、この男の意識のどこかに人を差別したいという鋳型《いがた》があって、そこにと場や被差別部落を無理やりに嵌《は》めこんでいるような気がするんですよね」

横で土屋がつぶやいた。すれっからしの編集者のくせに、とても真っ当なことを言っている。このコーナーには他に、メディアにおける差別的表現の幾つかの実例も展示されている。しかし貼りだされているのは文章だけで、出版社の名や書籍のタイトルなどは明示されていない。

「ちゃんと販元や筆者名も明かすべきですよね」

土屋が言う。表情は真剣だ。どうやらさっきの嫌がらせの手紙の文章が、彼の中の何らかのスイッチを押してしまったようだ。

「過《あやま》ちは過ちなんだから、しっかりと明記すべきです」

怒ったようにつぶやく土屋の横顔の向こうに、熱心に展示を見つめている若い女性の姿があった。一人のようだ。近づいてから「お勤めの方ですか」と訊ねれば、「いえ、大学生です」との答えが返ってきた。

「食肉に興味があるんですか」

「はい。知らなくちゃいけないと思って」

「どうしてそう思ったんですか」

「本を読んだんです。鎌田《かまた》慧《さとし》さんの『ドキュメント屠場』と、最近では森達也さんの『いのちの食べかた』を」

僕は土屋を促して館を後にした。食肉に関心を抱くきっかけになった本の著者がこの中年男であることを、彼女は知らない。そして少し離れた所でパネルを眺めていた土屋にも、彼女との会話の内容を僕は話していない。

構内の隅に動物たちの慰霊碑がある。その前に佇《たたず》みながら、改めて思う。本を書く手順として、僕は多少は強引だったかもしれない。ミスを犯したとは思っていないけれど、その程度は認めよう。でも本の内容については負い目はない。と場側のブラックリストに僕は今も載っているらしいけれど（実はこの文庫を刊行するつい最近も、森達也が関わっている企画には協力できないと、と場関係者が発言したことを知った）、そんなことは気にしない。

見上げれば再開発が進む高層ビル群。歩き始めようとしたら、カラスが一羽、足元からいきなり飛び立った。

第十三弾　「異邦人たち」は集い関わり散ってゆく

港区港南五丁目

東京番外地なるタイトルの意味を、時おり訊《たず》ねられることがある。まず答えねばならないことは、このタイトルの命名者は僕ではなく、土屋眞哉であることだ。ならば土屋とは何者かといえば、新潮社の社員でこの連載の担当編集者だ。さらに言えば、この連載の初回でも書いたように、僕が初めて商業誌に原稿を書いたとき（もう七年前だ）の担当編集者であり、この月に一回の小旅行の同伴者でもある。まあ土屋については、かつては名うてのプレイボーイだったこととか、最近はすっかり女っけがなくなって寂しい思いをしていることとか、他にも書きたいことはたくさんあるけれど、趣旨から外れるので今回は割愛しよう。

四十代以上の読者には必要ないとは思うけれど、若い世代の読者のために念のため補足すれば、「番外地」なるネーミングの発想は、高倉健が主演した東映のヤクザ映画『網走《あばしり》番外地』からきている。後期の『新網走番外地』シリーズ八作と合わせて全十八作。

ただしシリーズが始まった昭和四十（一九六五）年、僕はまだ小学生だった。シリーズ掉尾《とうび》を飾る『新網走番外地～嵐呼ぶダンプ仁義』が公開されたときは、やっと高校に入ったばかり。当然ながらリアルタイムには観《み》ていない。映画館に通うようになったのは高校二年からだけど、その頃には従来のヤクザ映画のアンチテーゼとして現れた『仁義なき戦い』シリーズが東映のドル箱となっていて、結局はいまだに網走番外地シリーズを、僕は一作も観ていない。確認はしていないけれど、おそらく土屋もそうだと思う。

映画タイトルである番外地は、凶悪犯ばかりが収容される刑務所を示すけれど、この連載タイトルにおける番外地は、もちろん刑務所の意味ではない。そんな具体性は不要だ。あえて定義を書けば、所番地という人為的な規定から解放されたエリアを意味し、周縁や境界を意味するマージナルな場所であり、治外法権や聖域を意味するアジールでもある。だから負の場所とは限らない。

条件としては、過剰であることか希薄であること。つまり平均値から逸脱していること。あるいは自由であること。あるいは澱《おり》のように滞っていること。つまり、メガロポリス東京が経済や文化の発展や爛熟《らんじゅく》を象徴するのなら、そのエアポケットのような地域や施設ということになる。

そんな場所を毎回設定して、僕と土屋はとにかく無目的に歩き回った。取材という強圧的な特権はできるだけ使わない。そんなルールが何となく定まってきたのは、たぶん三回目くらいからだ。だからアポイントはとらないし、基本的には下見もしない。普通の人が入れないところには入らない。ただし、普通の人が何となく忌避してしまうところや、近すぎて焦点距離が合わなくなってしまったようなところには、この二人は喜んで足を運ぶ。

そのルールは今回も変わらない。品川駅からバスで十分ほど。東京都港区港南五－五－三〇。品川埠頭《ふとう》のすぐ手前で、東京湾に面した埋立地だ。周囲には巨大な倉庫が立ち並び、遠方にはフジテレビの社屋が見える。実は連載ラスト前の今回、このフジテレビも候補地のひとつだった。でも土屋が乗らなかった。彼いわく、「メディア批判は他でできますよね」。なるほど確かに。編集者の姿勢としては正しい。余計なお世話という気がしないでもないけれど。

停留所を降りればすぐ目の前に、東京入国管理局がそびえている。略して入管。その威容に圧倒されながら建物を見上げていたら、「何か拘置所に似ていますね」と土屋が言った。

言われると確かにその通りだ。十二階建てのビルは十字型に設計され、円筒状のタワーが中心部から突き出しているようなその造形は、連載一回目に訪ねた東京拘置所を、デザインはそのままに何分の一かに縮小したかのようだ。

時刻はちょうど昼食時で、正面玄関の周囲のベンチや植え込みの陰で、アジア系やヒスパニック系、アングロサクソン系にアラブ系など、多様な民族を出自に持つ人たちが、コンビニで買ってきたらしい弁当やパンを食べている。親子連れも多く、遠目には国際色豊かなピクニックのような風景だ。

入国管理局を簡単に説明すれば、日本における入国管理を統括する行政組織ということになる。もちろん入る外国人だけでなく、出る外国人も管理の対象となる。だから正確には出入国管理局のはずだし、規模からすれば入国管理庁にすべきではないかと思うけれど、なぜか昔から入国管理局だ。

所轄《しょかつ》は法務省。東京以外にも、大阪と名古屋、札幌に仙台、広島、高松に福岡などの各主要都市に管理局は設置されており、その下には出張所が、網の目のように置かれている。

入国管理局には、概括すれば二つの機能がある。一つは文字通りの入国管理業務の申請窓口だ。そしてもう一つは、警察に準じた公安職としての警備機能。つまり不法残留や滞在などに該当する外国人の摘発だ。

摘発された不法滞在の外国人は、強制退去で自国に送還されるその日まで入管に拘束される。茨城県牛久《うしく》市と大阪府茨木《いばらき》市、そして長崎県大村市にある入国管理センターに送られる場合もあるが、この東京入国管理局にも収容設備はあり、現在は強制退去や難民認定について審査中の外国人女性が約二百人、そして男性約六百人が収容されている。建物の外観や雰囲気が拘置所に似ていることも、その意味では単なる偶然ではない。

「まさしく番外地だよね」

外国人たちの昼食の風景を眺めながら、土屋が満足そうに頷《うなず》いた。

「どうして？」

「だってこの場所に日本人は、僕たちしかいないんですからね」

「……職員は日本人だよ」

そりゃそうでしょうと土屋は苦笑する。自分が優位に立っているかのような笑い方だ。このへんで一回ヤキを入れたほうがいいかもしれない。

「じゃあこう言い換えます。職員を別にすれば、ここでは日本人は僕たちだけでしょう」

うん。確かにそうだ。日本国籍を持つ人には、何の意味も必要性もない場所だ。たとえば外国の空港などにひとりでいるとき、周囲に飛び交う外国語を何となく耳にしながら、自分以外に日本語を理解できる人がここには一人もいないのだという事実に、急にたまらなく心細くなることがある。もちろん片言の英語を使えば、「何番ゲートに行けばいいですか」とか「トイレはどこですか」などの、必要最小限の用件は伝わる。英語圏でなくとも、身振りや手振りで、それなりにコミュニケーションすることはできる。それはわかっている。でもわかってはいても、違う言葉の国に一人でいることへの不安は消失しない。胸の奥がざわざわと落ち着かない。

人は同質を希求し、多くの同胞を求め、そして共同体に帰属しようとする。DNAに刷り込まれたその本能を、異なる言語はちくちくと刺激しながら喚起する。自分がいる場所はここではないという気分にさせる。

洋行帰りの多くが、コスモポリタンよりもむしろ民族主義に覚醒《かくせい》するケースが多いことの理由も、その意味では頷ける。だって一人は怖い。

創世記十一章

世界中は同じ言葉を使って、同じように話していた。（中略）彼らは、「さあ、天まで届く塔のある町を建て、有名になろう。そして、全地に散らされることのないようにしよう」と言った。主は降《くだ》って来て、人の子らが建てた、塔のあるこの町を見て、言われた。「彼らは一つの民で、皆一つの言葉を話しているから、このようなことをし始めたのだ。これでは、彼らが何を企てても、妨げることはできない。我々は降って行って、直ちに彼らの言葉を混乱させ、互いの言葉が聞き分けられぬようにしてしまおう。」主は彼らをそこから全地に散らされたので、彼らはこの町の建設をやめた。こういうわけで、この町の名はバベルと呼ばれた。主がそこで全地の言葉を混乱（バラル）させ、また、主がそこから彼らを全地に散らされたからである。

日本聖書協会『聖書　新共同訳』

驕《おご》り高ぶり、そして自らを万能の神であるかのように錯覚した人類に神が与えた罰は、多数の言語を地上世界に与えることだった。その結果、人類は世界中に散り散りになった。

そのぽっかりと空いた空白を、人はむずむずと埋めたくなる。神話はともかくとして、言語が異なる集団は互いに互いを異邦人と見なし、侵略し、土地や資源を奪い、女を犯し、男は労働力として搾取《さくしゅ》した。やがて中世ヨーロッパに国民国家の概念が生まれ、二十世紀以降には、国家群の紐帯《ちゅうたい》としての国連が設立される。

ならば国連は、バベルの塔の新しい形態ということになる。つまり最初から未遂が宿命づけられた存在だ。多数の言語を与えられた人類は、これほどに発展し、進化を遂げながら、互いに傷つけ、殺し合うことを、どうしてもやめられない。

時おり思う。何世紀も昔からこれほどに人の行き来や文化の伝播《でんぱ》があったのに、なぜ中国と朝鮮半島と日本は言語が違うのだろう。世界全部とは言わない。でも、せめてこの三つが同じ言語なら、アジアの歴史や現在の安全保障問題は、ずいぶん違っていただろう。


ロビーに足を踏み入れれば、壁や柱の至るところに、「我が国から北朝鮮への渡航自粛について」と題された掲示が貼《は》りだされている。日付は平成十八（二〇〇六）年の七月。つまり七月五日に北朝鮮が実行したミサイル発射実験を理由に、日本政府は旅行者に渡航自粛を呼びかけているわけだ。おそらく成田空港にも、同様の貼り紙が多数掲示されているのだろう。

渡航自粛の理由は明記されていない。危険だからとか、そういう理由ではないようだ。推測だけど、北朝鮮に対して日本の毅然《きぜん》とした姿勢を見せましょうというところなのだろう。

ロビーにはコンビニが併設されている。ここを訪れる客の大半は日本に暮らす外国人。ならば品揃《しなぞろ》えなども国際色豊かなのだろうかと期待したが、棚に置かれている商品のほとんどは、日本中のどこのコンビニにも置かれているような品物ばかりだ。唯《ゆい》一《いっ》の例外は、入り口脇《わき》の新聞スタンドに置かれた中国の新聞が一紙だけ。

店を出ながら、「さっきの話だけどさ」と僕は土屋に言う。

「ここが外国人ばかりであることは確かに事実だけど、でも外国に行けば、日本人が周囲にいないことは当たり前だからね」

「それはそうだけど、これだけいろんな国籍の人が密集している場所は他にないでしょう」

「あるよ」

「何ですか」

「オリンピックの閉会式」

数秒の間をおいてから、ああ、まあ確かにそうですね、と土屋は曖昧《あいまい》な表情で頷いた。確かに唐突過ぎたかもしれない。でも事実だ。子供の頃からオリンピックの閉会式が好きだった。メダルを取った人や取れなかった人に関わりなく、大国や小国も分け隔てなく、様々な肌の色や宗教、そして異なる言語やイズムを持つ男や女たちが、にこにこと抱き合ったり、笑い転げたりする閉会式をテレビで眺めながら、何となく幸福な気持ちに浸っていた。

その閉会式の風景が変わってきたのは、たぶんシドニー・オリンピックの頃からだ。ただし閉会式そのものは変わっていない。変わったのは、日本のテレビクルーが現地から伝える映像だった。

画面に映るのは、日本国内で話題となった日本の選手ばかりなのだ。もちろん自国の選手の映像が他国より多くなることは当然だけど、そのバランスが明らかに変わり始めた。いつのまにか日本人選手の比率が、圧倒的に多くなった。

ただしこれをもって、右傾化や保守化などの語彙《ごい》に短絡するつもりはない。ないけれど、一昔前よりも、「日本人が日本人をとても好きになりつつある」ことは確かだと思う。好きになることは別に悪いことではない。でも人は誰かを突出して好きになるときは、往々にしてその誰か以外の人に関心を失う傾向がある。あるいはその相手の意向は無視して、独善的に愛を押し付けたくなることがある。

「伝統と文化を尊重し、それらをはぐくんできた我が国と郷土を愛するとともに、他国を尊重し、国際社会の平和と発展に寄与する態度を養うこと」

右に引用したのは、二〇〇六年の四月に自民党と公明党が合意に達した教育基本法改正案の第2条の一節だ。そもそも自民党は「国を愛する心」という表現を主張していたが、公明党の反対によって「国」に「郷土」が併記され、「他国を尊重し」の一文が加えられ、「心」という言葉も「態度」に置き換えられた。

これに対して民主党案は、条文ではなく前文で、以下のように謳《うた》いあげた。

「日本を愛する心を涵養《かんよう》し、祖先を敬い、子孫に想《おも》いをいたし、伝統、文化、芸術を尊び、学術の振興に努め、他国や他文化を理解し、新たな文明の創造を希求することである」

与党案における「我が国」は「日本」とストレートに表記され、「態度」ではなく「心」という言葉を使っている。つまりそもそもの自民党案に近い。この民主党案について安倍晋三官房長官（当時）は記者会見で、「いかにも政局的な意図が込められているという印象を受けた。果たして民主党の総意になっているのか」と述べている。この場合の「政局的な意図」を思いきり意訳すれば、一般受けを狙っているということだろう。要するに愛国心なる概念は、現況では与野党の政争の具にされている側面が間違いなくある。

率直に書けば、教育基本法の文言などどうでもいいと僕は思うのだが、こうした微細な言葉に、とてもムキになる人も世の中には大勢いる。確かに日常的に使う言葉は大事だ。それには同意する。いずれにせよ、愛する心を教育によって培《つちか》おうとする意識がまずは見当違い。愛されたいのなら愛せと命じる前に、愛されるように魅力ある存在になることがまずは先決だと思うのだけど。

周囲から何となく視線が突き刺さる。多種多様な外国人といっても、やはりアジア系が多いから、僕や土屋は外見的には決して違和感のある存在ではないはずだ。でもそう思いながらも、この場所では自分たちは異邦人であるとの意識は払拭《ふっしょく》できない。何となく外国の空港状態。ベンチに座っても腰が落ち着かない。

午後の受付が始まった。再入国審査や在留期間の更新、就労資格証明書の交付など、数多くの窓口に長蛇の列が並ぶけれど、混乱する気配はまったくない。「何か緩いよねえ」。土屋が言う。そういえばこの施設には、最近は官公庁には必ずある監視カメラがない。警備員の姿もない。「テロ警戒中」の貼り紙もない。みんな粛々と並んでいる。

もう一度正面玄関に戻り、「出頭申告者出入口」の表示を探して、矢印の方向に移動する。出頭とは穏やかな言葉じゃない。頭が出る。どこへ出るんだ。そういえばここ入管では、入国を上陸と表記する場合が多い。成田空港でもそうだ。出頭の言葉の出自や意味はわからないけれど、上陸という用語は、明らかに飛行機がなかった時代の慣習だろう。

言葉は固着する。でも例外もある。最近で言えばその筆頭は「日米同盟」。今では誰もが当たり前のように使うこの言葉だけど、日本とアメリカとのあいだに定められた軍事的な結びつきを示す言葉はかつて、「日米安保」だった。正式名称は日米安全保障条約。英語では、the Japan-US Security Treaty。やっぱり条約を示すTreatyだ。同盟を示すallianceなる言葉はどこにもない。

つまり、「日米同盟」なるものは実在していない。

でもここ数年で、日本国内では「日米同盟」が当たり前の言葉になった。その背景には、大きくて強い共同体に帰属したいとの意識が滲《にじ》んでいる。今では朝日新聞の社説ですら普通に使う。こうして言葉は固着しながら変遷《へんせん》する。時代の欲望を鏡のように反射しながら。貧困な言語体系が統治管理社会を促進することを予言したのはジョージ・オーウェルだけど、まさしく最近の日本語は、語彙《ごい》が急速に貧困化しつつある。

建物の外を半周して、出頭申告者出入口に回る。ロビーの長椅子《ながいす》には、二十人ほどの外国人が、ぐったりとした様子で座り込んでいる。アジア系と中南米系が多い。彼らのほとんどは、かつてはオーバーステイと呼称された人たちだ。最近では、よりイリーガル（不法）なニュアンスを強調する不法滞在者と呼ばれることが多い。これもここ十年の傾向だ。

平成十六（二〇〇四）年の入管法改正により出国命令制度が新設され、自ら出頭した不法滞在者は、他に犯罪行為などの前科・前歴がない場合に限り、身柄を収容せずに簡易な手続きによって、出国することができるようになった。側面的には人道的な配慮といえるだろう。でも日本にとっての異物はさっさと排出したいとの意識が、こんなところに現われているとの考え方もできる。

大柄な黒人と擦れ違った。僕は声をかけた。

「すみません。ちょっとお訊《たず》ねしたいのですが」

立ち止まった彼は、「何ですか」と小さくつぶやいた。

「日本語、大丈夫ですね」

「少し」

「こちらには今日、出頭なさったのですか」

「そうです」

「お名前聞いていいですか」

「コフィといいます」

「国はどちらですか」

「ガーナです」

「日本には何年」

「五年です」

以下に彼の話を要約する。愛知万博でガーナ館のスタッフとして来日したコフィは、五年間日本に滞在できるとの了解を日本政府から取得していた。そこで万博終了後は東京で飲食店のスタッフとして働いていたが、最近になって滞在期間が実は三年だったことが明らかになり、自分が不法滞在者になっていたことを知ったという。

「これからどうなるのですか」

「わからない。たぶん強制送還。でも帰りたくない。日本には恋人もいる。もしも在留が認められず強制送還されたら、一年間は日本に戻れない。私は辛《つら》い。彼女も辛い。結婚を考えていた。今日は朝から何度もお願いした。でも聞いてもらえない」

もう一人。玄関脇の喫煙スペースで、顔を両手で覆《おお》うようにして蹲《うずくま》っている若い男に僕は声をかけた。彼の名はモハメド。バングラデシュから二年前に来たという。日本語は片言。微妙な言い回しがどうしても伝わらない。

「英語はダメですか」

モハメドが早口の英語で言う。僕の英語も片言だけど、おそらくはモハメドの片言日本語よりは多少はマシだ。だから以下の会話は、片言英語の翻訳だ。

「今日は何しに来たのですか」

「兄の面会です。兄は不法滞在でここに収容されている」

「お兄さんはいつここに収容されたのですか」

「昨日です。滞在期間の解釈に勘違いがあった。不法滞在とは思っていなかった」

「お仕事は」

「兄と二人でレストランで働いていました。アパートも一緒。兄がいなくなると私は一人ぼっち。これからどうすればいいのかわからない」

ロビーのベンチの端に、うつろな目で座っていたのは、ペルーから来たルーベン。年齢は三十五歳。お金を稼ぐために二年前に日本に来たルーベンは、二ヵ月くらい前から身体《からだ》を壊し、帰国しようと考えたが、働けないのでその費用がどうしても捻出《ねんしゅつ》できない。だからその相談に来たという。

彼は日本語がほとんどわからない。だから以下もやっぱり、片言英語の翻訳だ。

「どんな仕事をしていたのですか」

「いろいろ。土砂を運んだり、コンクリを作ったり」

「以前はどのくらい稼げたのですか」

「十七万円くらい。十万円はリマに仕送りしていた」

そう言ってからルーベンは、ジャケットのポケットから財布をとりだした。貯《た》めたお金を見せるつもりなのだろうかと思っていたら、財布の内側に大事そうにしまっていた家族の写真を僕に見せてくれた。

「可愛《かわい》いね。女の子二人？」

「上は女の子。三歳。下は男の子。二歳」

「ちょっと待って。ルーベンは日本に、二年間滞在しているんですよね」

「だから下の子にはまだ会っていない。私がこっちに来てから生まれた」

「……会いたいですね」

「会いたい」

そう言ってからルーベンは、とても深いため息をついた。まるで世界中の虚無が、彼の小柄な身体の内側に凝縮されているかのような深いため息だった。

「身体が心配。帰れるかどうかもわからない。でも帰りたい。この子たちに会いたい」


偶然かもしれないけれど、たまたま話しかけた三人の外国人たちは、それぞれがそれぞれの事情で、とても深刻な問題を抱えていた。彼ら不法滞在者への劣悪な待遇や難民認定をめぐり、入国管理の問題はまだまだ多い。もう紙幅がないけれど、欧米各国に比べれば、日本の難民受け入れは圧倒的に間口が狭い。政治亡命の受け入れも、この国はほとんど認めない。

日本に来た外国人の多くは、日本人は優しいと感想を口にする。確かにこの国の人は、異物に対してはとりあえず優しい。でもその異物が、境界を越えて入り込んでこようとすると、途端に拒絶しようとする。その傾向がとても強い。

この入管訪問からほぼ一ヵ月後、八月に行われた亀田興毅のタイトルマッチで、僕は象徴的な光景を見た。ボクシング通ではないけれど、地元の選手が有利になるホームタウン・デシジョンくらいは知っている。でもこの試合については、そのレベルを明らかに超えていた。まあ、この判定の不可解さについては、いろんな人がいろんなことを喋《しゃべ》ったり書いたりしているから、これ以上書くつもりはない。このタイトルマッチについて僕がこの原稿で記述したいことは、判定が決まった後のテレビの映像についてだ。

リング上で祝福される新チャンピオンの映像を眺めながら、僕は対戦相手のファン・ランダエタの様子が気になった。ボクサーであるかぎり、ホームタウン・デシジョンについては彼も承知しているはずだ。でもこれほどまでに露骨な判定は、いくらなんでも想定外だっただろう。

ならば判定が告げられた今この瞬間、リング上のランダエタは、呆然《ぼうぜん》としているのだろうか。それともがっくりと肩を落としているのだろうか。あるいは怒り狂っているのだろうか。

ところがテレビは、ランダエタの様子をまったく映さない。早々とリングを降りたのかもしれない。でも仮にそうならば、控え室に向かう彼の後姿を映すことだってできたはずだ。

結局、判定が決まってから中継が終わるまで、リング上で抱き合って喜ぶ亀田親子の映像は延々と流しながら、テレビは遂《つい》に、ランダエタの様子を一秒たりとも映さなかった。そして誰もこれを気にしなかった。少なくとも僕が知る範囲では、判定に呆《あき》れたり怒り狂う人は大勢いたけれど、なぜランダエタの映像をたったの一秒すら流さなかったのかと首を傾《かし》げる人は、ひとりもいなかった。

怖いことだと思う。これならブーイングや拒絶のほうがまだマシだ。他者には徹底して関心がない。存在すら忘れてしまう。そんな傾向が、間違いなく今の日本では日々強くなっている。

こうして人は、他者に対してのイマジネーションを失う。肌や目の色が違おうが、言葉や宗教、イズムが違おうが、同じように笑い、同じように泣き、親に愛され子供を愛して、懸命に日々の暮らしを送る人たちなのだという当たり前のことを、いつのまにか忘れてしまう。

僕は吐息をつきながらチャンネルを変える。ニュースの時間だった。レバノンではまた、イスラエルによる無慈悲な空爆が始まっていた。

第十四弾　私たちは生きていく、「夥《おびただ》しい死」の先を

府中市多磨町四丁目

中央線を武蔵《むさし》小金井駅で降りてからタクシーで十分ほど。車を降りれば通りの両側には、どっしりとした構えの歴史を感じさせる石材店が、幾つも軒を連ねている。

多磨霊園。東京都府中市多磨町四丁目六二八。

正門を入ってすぐ右横の管理事務所で、まずは園内の地図をもらう。手渡されたB3サイズの地図の裏面には、細かな字でびっしりと人名が羅列されている。

「これは?」と訊《たず》ねる僕に、カウンターを挟んで応対する初老の管理官は、「著名人リストです」と即答した。

「森さん、ここね、著名人の墓が多いんですよ」

そう言いながら土屋が、僕の手許《てもと》の資料を横から覗《のぞ》きこむ。リストは五十音順。数は全部で百五十一人。

「このリストを作ったのは去年の三月です。一年以上が過ぎました。ですから今はもっと増えています」

とても人のよさそうな管理官だったけれど、リストについて説明するその口調だけは、これまで頻繁に口にしてきたことを物語るように、何となく事務的だった。要するにルーティン・ワーク。著名人の墓を目的に訪れる人が、この霊園では相当に多いということなのだろう。

リストのいちばん上に記載された名前は赤塚自得。肩書きは蒔絵師《まきえし》。その世界では著名な人なのだろうけれど、申し訳ないが僕には誰だかわからない。そのすぐ下は浅沼稲次郎。これならわかる。第三代日本社会党委員長。堂々たる巨体で精力的なそのキャラクターから、仇名《あだな》は人間機関車だ。

昭和三十五（一九六〇）年十月十二日、日比谷公会堂で党首立会演説会に臨んだ浅沼は、壇上に駆け上がった十七歳の山口二矢《おとや》に、脇差《わきざし》で胸を二度刺された。昏倒《こんとう》した浅沼は、出血多量のためほぼ即死状態だったという。この惨劇の一部始終はＮＨＫのカメラで撮影されており、その映像の衝撃も相まって、日本中がテロルの恐怖に震撼《しんかん》した事件だった。

その場で現行犯逮捕された山口は、勾留《こうりゅう》された東京少年鑑別所で、歯磨き粉を溶いて壁に「七生報国　天皇陛下万才」と書き残して首を吊《つ》った。

それから半世紀近くが過ぎた。日本社会党は社民党へと名前を変えた。山口が七度生まれ変わってもと忠心を捧《ささ》げた昭和天皇も逝去《せいきょ》した。二〇〇六年には、その昭和天皇が語ったとされる靖国《やすくに》神社のA級戦犯合祀《ごうし》についてのメモをめぐって、大きな騒動が起きた。時代は変わったのだろうか。それとも繰り返しているだけなのだろうか。浅沼や山口の目に、今のこの状況はどんなふうに映っているのだろうか。

以下、管理事務所でもらった著名人リストから、主要な（というか、正確には僕のレベルで知っている著名人の）名前を、ア行の欄から抜粋する。

阿南惟幾《あなみこれちか》／鮎川義介《あゆかわよしすけ》／有島武郎／石坂洋次郎／上原謙／宇垣一成《うがきかずしげ》／内村鑑三／江戸川乱歩／大岡昇平／大平正芳／岡田啓介／岡田嘉子《よしこ》／岡本かの子／岡本太郎／尾崎《おざき》秀実《ほつみ》／小山内薫《おさないかおる》

確かに錚々《そうそう》たる顔ぶれだ。カ行から下の欄にはゾルゲもいる。徳田球一に新渡戸稲造《にとべいなぞう》、長谷川町子もいる。三島由紀夫に美濃部亮吉《みのべりょうきち》、与謝野鉄幹《よさのてっかん》と晶子、吉野作造もいる。

眺めながら思う。このリストはまさしく、日本の近代史そのものだ。

大正十二（一九二三）年四月に開設された多磨霊園は、日本では初めての公園的ランドスケープをとり入れた大規模な墓地として話題になった。当初の敷地は、およそ百万平方メートル。昭和十四年になって西側へ敷地拡張を行い、現在の面積は百二十八万平方メートル（およそ三十九万坪）。

ちなみに東京都の公営霊園の数は、多磨霊園以外にも雑司《ぞうし》ヶ谷《や》霊園や青山霊園など全部で八つ。東京ドーム三十個分に近い敷地を誇る多磨霊園は最も広い。ならばこの敷地に、いったいどれくらいの数の死者が埋葬されているのだろう。管理事務所でもらったパンフには、次のように記述されている。

平成17年3月現在で使用者総数71000人、又、埋葬総数は約388000体です。（一時保管を除く）

「すいません。埋葬総数はわかるのですが、使用者とは何ですか」

僕のこの質問に、初老の管理官はとても丁寧に説明してくれた。

「使用者とは契約者です。つまりお墓の名義人ですね。当然ながらひとつのお墓には家族や近親者など複数の方が入ることが多いですから、埋葬総数は多くなるわけです」

「一時保管とは？」

「この霊園への申し込みは抽選です。いつでも入れるわけじゃありません。だから一時保管を希望される方も大勢いるわけです」

「どこに保管しているのですか」

「みたま堂です。このすぐ横ですよ」

平成十三年度の多磨霊園の募集・応募状況は、競争率四十倍。つまりとても狭き門だ。抽選の当選者は使用料と管理料を納入し、永代使用権を認められる。所有権ではないから転売はできない。つまり使用料は、墓を買うためではなく永代使用権を買うための料金だ。ちなみに多磨霊園の場合、区画面積が五平米で使用料は三百十二万五千円。管理料は年に一回の支払いで二千八百五十円。

礼を言って事務所を出る。確かにすぐ右横に、巨大なＵＦＯのような造形の建造物が聳《そび》えている。

「……あれがみたま堂かな」

「地図にはそう書いてありますね」

周囲の景色と地図とを見比べながら土屋が頷《うなず》いた。

「ここは無宗教が前提ですから、仏さまとかの言葉は使えないんでしょうね」

「でもみたまって言われると、靖国神社のみたま祭を連想するよ。神道の用語じゃないのかな」

土屋は黙って肩を竦《すく》める。僕にもわかりませんという意思表示だ。そんな様子を眺めながら、ふと疑問がわいた。

「そもそも日本では、火葬以外は認められないんだっけ？」

「どうだっけなあ。沖縄では洗骨という風習があったはずですけどね、今はダメなのかな」

「欧米の葬式もやっぱり焼いちゃうのかな」

「映画なんかじゃ土葬のような気がしますよね」

二人は顔を見合わせながら首をひねるばかり。霊園に来てはみたけれど、互いに葬送についての基本的な知識と素養に欠けていることだけは間違いない。

みたま堂の正面には祭壇が設営されている。台の上に置かれていた線香に火をつけて、僕と土屋は肩を並べて合掌した。どう考えてもこれは仏式だ。

「やっぱり死者を弔う施設で、完全な無宗教は無理ですよね」

土屋が言う。どうやら同じことを考えていたようだ。

「靖国に替わる追悼施設のことを言いたいの？」

僕は訊《き》いた。自民党が構想する追悼施設は、無宗教であることが前提らしい。土屋は頷いた。

「まあそれもありますけどね」

僕もそう思う。死と生の狭間《はざま》の領域で、宗教の要素を一切排除することなど不可能だ。ありうるとしたら、あらゆる宗教の許容と混在。たぶんそれしかないはずだ。

昭和二十年四月二日、東京都西多摩郡吉野村（現在は青梅《おうめ》市柚木《ゆぎ》町）の山中に、B29が墜落した。乗務員十一人のうち六人はパラシュートで脱出したが、五人は炎上する機体と共に地面に激突した。亡《な》くなった米兵の遺体は、最初は憎き敵としてぞんざいに扱われたが、たまたま近くに住んでいた作家の吉川英治が「丁重に扱うべき」と村人たちを説得して、土中に埋葬されて慰霊碑も建てられた。

今年の命日には、話を聞きつけた米軍横田基地の兵士や将校たちが慰霊祭に参加した。そのときの映像をたまたま観《み》る機会があった。米兵たちがアメリカ国歌を歌うその横で、村人と将校や兵士たちは、一緒にお線香をあげて手を合わせていた。少しだけユーモラスだけど、でも同時に、とても胸を打つ光景だった。

中央大学の松野良一ゼミの学生たちが記録したその映像を僕が観た同じ頃に、小泉首相は靖国に参拝して、日本中は大騒ぎになっていた。参拝を強行した小泉首相の二つの論拠は、「公約」と「心の問題」。この二つを彼は繰り返すけれど、公約にあげるならそれはもう心の問題じゃない。心の問題と言い張るならば、それは公約になどすべきじゃない。とても単純なこと。たぶん小学生にだって「何か変だよ」と指摘されるだろう。それに何よりも、彼が言う公約は、自民党の総裁選の際の公約だ。つまり国民一般は、彼とそんな約束をした覚えはない。この国には自民党員と自民党の議員だけが住んでいるわけじゃない。

……でも本当は、そんなレベルの揚げ足取りなどどうでもいい。六十一回目の終戦記念日だ。本当はもっと考えるべきこと、思いだすべきことがあるはずなのに。

この国はいつもこうだ。事が起きるたびに大騒ぎ。気がついたら、大切なこと、本質的なことが、いつのまにか抜け落ちている。すっぽりと忘れられている。A級戦犯合祀をめぐる昭和天皇のメモとか靖国に替わる追悼施設とか、今はこうして大騒ぎだけど、おそらく数年もすれば、もう誰も思い出すこともないだろう。

みたま堂の祭壇で焼香を終えた僕と土屋は、巨大ＵＦＯのような本堂の内部へと続く回廊を歩く。特に冷房などはしていないようだが、人気のない堂内はひんやりと涼しくて、汗ばんでいた背中が一気に冷えた。

エレベーターに乗って地下一階に降りる。扉が開くと同時に圧倒された。通路のすぐ先には巨大な空間が広がっていて、その中央には、高さ二十メートルほどの円錐《えんすい》状のモニュメントが聳えている。

中央に立って周囲を見渡せば、まるで巨大な闘技場の中心に立っているような感覚だ。ただしこの闘技場の観客席には、生きている人はひとりもいない。ロッカールーム式のカロート（納骨庫）が何列も重なり合い、中には骨となった死者が納められている。

資料によれば、平成五年に建立されたこのみたま堂は、長期と一時預かりを合わせて一万三千百の遺骨を収納できるとされている。現時点でどの程度収納されているのかはわからないが、少なくとも今この瞬間、僕と土屋が数千もの遺骨に囲まれていることは間違いないはずだ。

はるか頭上を覆《おお》うドーム型の天井は、薄く発光しているようだ。円錐状のモニュメントの周囲には水が流れている。ＢＧＭなどはもちろんないけれど、じっと耳を澄ましていると、風が共鳴でもしているかのような音が微《かす》かに響いていることに気づく。膨大で巨大な死の空間。足を踏み入れた瞬間からずっと、この空間の感覚は何かに似ていると気になっていたのだが、その何かをやっと思いだした。東京ディズニーランドのアトラクションのひとつである「イッツ・ア・スモールワールド」だ。

様々な国の子供たちの人形がそれぞれの国の民族衣装を着用しながらテーマソングである「世界はひとつ」を歌う巨大な空間を、自動式のボートで回遊する「イッツ・ア・スモールワールド」は、待ち時間がほとんどないので（僕は行列が嫌いなのだ）ディズニーランドに行ったときは必ず入るアトラクションだ。世界はひとつとのコンセプトにまったく異存はないのだけど、あの空間は何となく独特なものがあって、いつも不思議な感覚に捉《とら》われていた。

何だろう。空間の膨大な余白。単調なリズム。人工的な照明と無機的な意匠。同じ顔をした人形たち。そんな要素が絡《から》み合いながら「イッツ・ア・スモールワールド」が醸《かも》しだすのは、僕にとってはなぜか死後の世界のイメージなのだ。黄泉《よみ》の国。あの世。ニライカナイ。天界。呼称は何でもいいけれど、このアトラクションでボートに乗って過ごす数分の時間、僕は必ず、黄泉巡りをしているような感覚に捉われる。

みたま堂を出てから、二人で地図を覗《のぞ》き込む。ほぼ中央に「名誉霊域通り」と名づけられた一画がある。

「何だろう」

「行ってみますか」

みたま堂からは歩いて十分ほど。通路の両側の様々な意匠や形状の墓を眺めながら、ぶらぶらと歩く。すでにこの時点で、僕は今回の取材で、自分が致命的な失敗をしていたことに気づいていた。

失敗とは何か。短パンだ。サラリーマンだった二十代後半の数年を別にすれば、毎年夏は短パンで過ごしてきた。もちろんこの日もそうだった。そこで何が起きたか。勘のいい読者ならもう気づいたと思うけれど、藪蚊《やぶか》の猛襲だ。それも半端《はんぱ》な数じゃない。脚に視線を送るたびに、真黒で巨大な蚊が、腿《もも》や脛《すね》に必ず数匹は張りついている。歩きながら何度も手で払いのける。何匹かは血を吸い終わりかけていたらしく、指先の接触で呆気《あっけ》なく潰《つぶ》れる。そのたびに迸《ほとばし》る血がこびりつく。何だかすごいことになってきた。墓参りのときは絶対に殺生はするなと、子供の頃に祖父や祖母から言われていたことを思い出した。でも今日は墓参りじゃない。取材だ。

結局は名誉霊域通りに着く前に、僕の両脚は相当に悲惨な状態になっていた。ただし猛烈な痒《かゆ》みと引き換えに、僕はとても大事な教訓を得ることができた。

墓参りに行くときは、どんなに暑くても短パンは着用しないこと。

「蚊がすごいですね」

数歩先を歩きながら、ちらりと振り返った土屋が他人事《ひとごと》のように言う。なぜ他人事かといえば、土屋はこの日もいつもの黒のスーツだ。露出している肌は首と顔と手首から先くらい。だから文字通り涼しい顔だ。

「作家のためなら何でもするのが編集者だよね」

「まあできる範囲でね」

「今すぐズボンの裾《すそ》と上着の袖《そで》をまくれ」

「いやですよ」

僕は立ち止まった。名誉霊域通りのほぼ中央。すぐ右横にある大きな墓には、東郷平八郎の名前が彫られている。その隣も立派な墓だ。その墓碑名を確認しながら、僕と土屋は同時に声をあげた。今度は山本五十六《いそろく》だ。東郷平八郎と山本五十六の墓が並んでいるとは知らなかった。山本の墓に彫られている戒名は「大義院殿誠忠長陵大居《だいこ》士《じ》」。腕組みをして墓を眺めながら、土屋がぼそりとつぶやいた。

「……だから名誉霊域通りなんですね」

頷きながら僕は、気分としては少し複雑だ。「名誉」という言葉を冠せられていることで、多少の予感はあった。でもそうあってはほしくないと、何となく思っていた。人は皆、それぞれの生涯を懸命に生きる。確かにこの世界は平等じゃない。でも死後にまで、生前の業績や評価で値踏みをされたくない。国のために死んだ人だけじゃなく、市井《しせい》の人にだってそれぞれの名誉はある。まるで山の手と下町の区分のようなこの分別に、僕はどうしても納得しきれない思いを抱いていた。だから2ちゃんねるあたりでサヨなどと呼ばれるのだろうか。オーケー。ならばサヨでけっこうだ。胸を張ってサヨを名乗る。

顔を上げると、花束を手にした小柄な女性が、通りの反対側から歩いてきた。山本五十六の墓の前に立つ不審な中年男二人にちらりと視線を送ってから彼女は、小さく会釈《えしやく》をして、それから墓の掃除を始めた。

「あの、……山本さんの身内の方ですか」

思わず訊《たず》ねていた。山本さんという呼称が適当かどうかは一瞬だけ迷ったけれど、五十六さんでは馴《な》れ馴れしすぎるし、山本元帥《げんすい》や司令長官だって違和感がある。

こっくりと頷いてから彼女は、「大叔父に当たるんです」とつぶやいた。

「でも、……山本さんの遺骨ってブーゲンビル島のジャングルの中にあるんですよね」

僕は言った。彼女は困ったように首を横に振る。

「いえ……」

「確か、撃墜されて海に落ちたんですよね」

これは土屋。彼女はますます困惑しながらも、きっぱりとこれを否定した。

「海ではありません。遺骨は持ってくることができました。墓は生家がある新潟の長岡にもあります」

無知このうえなし。日本では火葬が法令で定められているかどうかすら知らないこの二人は、特に葬儀関係にだけ知識が乏しいのではなく、全般的に素養が足りないことが判明した。とにかく彼女に礼を言ってから、無知な二人は名誉霊域通りを歩き始める。

「ところで大叔父って具体的にどんな血縁関係でしたっけ」

土屋が言う。

「何だっけ。叔父の父親だろ、きっと」

「そうでしょうね」

少し歩いてから土屋が言う。

「大叔父は叔父の父親って言いましたよね」

「そうだよ」

「叔父の父親ってことは、父親か母親の兄弟の父親ってことですよね」

「うん」

「それって祖父ですよ」

僕は黙り込んだ。土屋も黙り込んだ。三分ほど沈黙が続いてから、ふいに土屋が足を止めた。

「これはすごい」

その視線の先には、人の身長ほどの高さの漆黒の直方体が、墓地の中央に置かれている。その周囲にはコンクリートの柱が、家の基礎のように張りめぐらされている。柱には「横井家」の文字がある。直方体の横に設置された墓誌には、やっぱり「横井」という名字の女性の名前が彫られている。

「名誉霊域通りにあるのだから、やっぱり軍関係でしょうか」

土屋のこの質問に曖昧《あいまい》に頷《うなず》きながら、僕は直方体の横に回る。建立《こんりゅう》者の名前が彫られていた。思わず吐息が洩《も》れた。直方体の横の壁には、「横井英樹」と彫られていた。

白木屋を筆頭に数多くの企業の株を買い占めて巨万の財を成し、「乗っ取り屋」などと呼称され、昭和五十七年にはオーナーだったホテル・ニュージャパンに火災が発生して三十三人の宿泊客が死亡するという大惨事を招き、業務上過失致死傷罪で逮捕され、禁固三年の実刑判決を受けた横井英樹だ。

「そういえばここに墓があると聞いたことがありますよ。名誉霊域は軍人ばかりじゃないみたいですね」

しげしげと名前を見つめながら土屋が言う。

「たぶん、ニュージャパン火災前に建立したのだろうな」

「著名人リストには載っていませんね」

リストを確認した。確かに載っていない。載らない理由の想像はつく。実刑判決を受けたことに加え、彼の汚れたイメージがその理由なのだろう。

名誉や悪評は死後も付きまとう。それは仕方がない。仕方がないとは思うけれど、でも何となく釈然としない。解放させてやりたい。いろんな束縛から。いろんな評価から。でもそうはいかないようだ。死後も平等ではない。きっと安息でもない。なぜだろう。なぜ人は死んだあとも、こうして現世の価値や基準や評価などの雑念から解放されないのだろう。

それから二十分ほど、蚊に襲われ続けながら園内を散策する。血に染まりながら最早でこぼこの形状を為してきた僕の脹脛《ふくらはぎ》が目に入らないはずはないのに、土屋は徹底して素知らぬ顔だ。角を曲がると、それまでの墓とは形状がまったく違う墓石が並んだ一角がある。地図には無縁墓地と記載されている。

無縁墓地と聞けば、普通は行き倒れや身元不明の遺体を埋葬した墓地と考える。実際に僕もそう思っていた。でも多磨霊園の無縁墓地は、それとは少しだけニュアンスが違う。

ここは使用者が遠方に引越したり、あるいは長い年月のうちに使用権を継承する人たちが徐々に死に絶えたりしたなどの事情で、この世と文字通り「無縁」になった人たちの墓なのだ。

形状としては、墓石というよりも畳三枚分くらいの大きな石のレリーフだ。それが横に一列に並んでいる。それぞれのレリーフの裏には、家庭のユニット式物置くらいの大きさの収納庫が設置されていて、厳重に施錠《せじょう》されている。

おそらくこの中に、無縁となった死者たちの遺骨が収納されているのだろう。つまり無縁墓地は、この世ではなくあの世の救護院。もう一度レリーフの前に回ってから、僕はこの日何度目かの合掌をした。自分としては自然だった。横を見れば土屋も、いつになく神妙な面持ちで手を合わせている。
目の前のレリーフには、「倶会一処」なるフレーズが刻まれている。「くえいっしょ」と読む。阿弥陀《あみだ》経にある言葉だ。

いろいろな状況のもとでこの世を去っていった人々が、阿弥陀仏の誓願の力によって浄土に往生することができ、そこで幸せな真の人間となって共に喜びあいながら出会うこと。また一般に人々が同じ目的や状態で一か所に集まること。

『佛教大事典』（小学館）

要するに意味としては、「イッツ・ア・スモールワールド」のテーマである「世界はひとつ」だ。軍人も政商も、高貴な人も下賤《げせん》な人も、社会的地位の高い人も犯罪者も、死んでからある程度の時間が経過すれば、皆「倶会一処」となる。
墓の使用権は永代だから期限はない。何十年借りても、初回に払った使用料で土地を借り続けることができる。ところがこのままでは空きが生じない。近代以降、人は増え続けた。つまり死者は増え続けた。だから墓は慢性的に不足する。そこで使用者が一定の期間にわたって管理料を払わない場合、永代使用権を抹消《まっしょう》するという規則ができた。こうして古い墓は取り壊されて更地となり、新たな墓地として供給される。掘り出された遺骨は、この無縁墓地に合祀《ごうし》される。

墓所は死んだ人のためではなく、生きている人のためにある。だからこそ残された人の都合が最優先され、生前のイメージが継承される。靖国を例に挙げるまでもなく、現世の価値や基準や思想や評価などの雑念から解放されないのは、死んだ人たちではなく残された人たちの側なのだ。死者の本質は墓にはない。寺や神社にもないし、靖国にだってもちろんない。そこに滞留しているのは、生きている人たちの思いや哀切、少しばかりのノスタルジーと愛憎、言い換えれば、残された側の勝手な都合なのだ。

でも「倶会一処」という救済がある。やがて墓は朽ちる。故人を知る人もいなくなる。死後の世界の不平等も、やっぱり永劫《えいごう》には続かない。

「……終わりましたね」

出口に向かいながら、いつになくしんみりとした口調で土屋が言った。うん。終わった。始まりがあれば終わりがある。咽喉《のど》が渇いた。きっとビールが美味《うま》いだろう。旅の始まりのころには禁酒していたはずの土屋だけど、いつのまにか元の酒飲みに戻っている。

一年とちょっとの旅だった。いろいろ行った。いろいろ聴いた。いろいろ見た。でもまだ足りない。とりあえず連載は終わるけれど、行きたいところは他にもまだまだある。

書くかどうかは別にして、やっぱり僕は、真中より周縁に魅《ひ》かれてしまう。多数派よりも少数派の中にいるほうが、何となく居心地がいい。小さなもの、少ないもの、淡いもの、寄る辺ないもの、減りつつあるもの、脆《もろ》いもの、弱いもの、切ないものを、大事にしたい。番外地を切り捨てたくない。もっといろんな声を聴きたい。もっといろんなものを見たい。だから旅はまだ続く。

とにかく終わり。旅の同行ありがとう。

番外編　日常から遊離した「夢と理想の国」

千葉県浦安市舞浜一丁目

この日は遅刻しなかった。ＪＲ京葉線の舞浜駅。到着したのは約束の二時の一分前。でも指定されたはずの改札口には誰もいない。駅にまちがいはない。ならば改札をまちがえたのだろうか。僕は反対側の改札に視線を送る。やっぱり誰もいない。さてどうしよう。

この日から三日前、現在は新潮文庫担当編集者で、この連載では皇居や東京タワーの取材に同行した宮川直実からは、こんなメールが届いていた。

お世話になっております。

5月14日の取材ですが、14：00舞浜駅改札口　に集合でよろしいでしょうか。だいたい夕方過ぎまで遊び（?）、その後移動してお食事でもと考えておりますが、夜のご予定はいかがでしょうか?

それと、重松清さんが、ルポ風という前代未聞《みもん》の文庫解説を執筆してくださることになり、当日前半だけ参加されます。ただ、「いつも通りの取材をしてほしい」とのことで、「僕の存在は無視してください」と仰《おつしや》っております。それって難しいかも！（汗）ですが、あくまで遠くからこちらを取材している、という二重構造になさりたいそうです。なんだか不思議なことになりそうですが、面白そうだから、ま、いっか?!

ちなみに重松さんは初ディズニーランドらしいです。

それでは何かありましたらお手数ですが宮川までお知らせください。よろしくお願いいたします。楽しみにしております!!

新潮社新潮文庫編集部
宮川　直実拝

文庫の解説を書くために取材に同行するという重松の提案は、（前代未聞は大げさにしても）彼の今の忙しさを考えれば、「何をまた物好きな」と思いたくなることは確かだ。少なくとも僕ならそこまでしない。変な人だ。でも困ったな。隣の改札にも誰もいない。時間をまちがえたのだろうか。僕は宮川に連絡を取るために、バッグから携帯電話を取り出した。

文庫化に当たってのもう一つの番外地候補は、東京ディズニーランド以外にもいくつかの提案があった。

テレビ局
高島平団地
東京の西の端である檜原《ひのはら》村
アメリカのリトル・トーキョー（そんな予算があるはずはないということでその場で却下）
国会議事堂

これらのどれにするか、連載時の担当編集者である土屋眞哉や、『下山事件《シモヤマ・ケース》』担当で今は小説新潮副編集長である小林加津子などを入れた打ち合わせの場で、いろいろと議論したはずなのだけど、でも結局はディズニーランドになった。

もう少し正確に書けば、その打ち合わせでディズニーランドに決まったという前提で、その後の日程調整などが進められた。でも僕には、最終的にディズニーランドに決まったというその経緯が、どうしても思い出せない。決まったという記憶がない。途中から酒が入ったせいかもしれない。でもやっぱりすっきりしない。だいたい東京ディズニーランドの所在地は東京じゃない。千葉県だ。

携帯をダイヤルし始めたそのとき、「森さん」と声をかけられた。改札の向こう側にいるのは、まさしく今電話をかけようとしていた宮川だ。

「こっちです。もうみなさん、揃《そろ》っています」

改札を出れば、二十メートルほど離れたデッキの上から、小林と土屋、そして重松が、こっちを見ていることに気がついた。みんなの表情はニコニコ。いやニヤニヤ。どうやら誰もいなくてうろたえる僕を、ずっと観察していたらしい。人が悪いにも程がある。

このときにやっと、宮川がメールに書いた「二重構造」の意味を実感した。今日の僕は、取材する主体であると同時に、取材される客体でもあるのだ。ならば重松がやろうとしていることは、メイキングということになる。最近の映画などでは当たり前のようにあるジャンルだけど、活字では確かに前代未聞かもしれない。

先を歩く宮川を先頭に、一行は東京ディズニーランドへと向かって、のそのそと歩き出した。

「何でここに決まったんだっけ?」

歩きながら宮川に訊《き》く。今さら何を言っているんですかというような表情で、宮川が大仰に目を丸くする。

「決まったじゃないですか。森さんも了解していましたよ」

「酔っていてよく覚えていない。それに何よりも、ここは千葉県だ」

「だから番外地なんですよ」

その理屈なら、高知県の四万十川でも北海道の屈斜路湖でも番外地だ。何でもありになっちゃう。そう言い返そうとしたとき、「宮川が強引に決めたんですよ。自分が来たいから」と土屋が話に割り込んできた。相変わらずの黒ずくめスタイル。しかも高度経済成長期のサラリーマンが愛用していたような革の手提げカバン。僕にとっては連載当時から見慣れたスタイルだけど、東京ディズニーランドの風景にこのいでたちは、絶望的なほどに似合わない。子供の授業参観に紋付羽織袴《はかま》姿で来た父親以上に浮いている。でも当人はまったく気づいていない。

「何言っているんですか。違いますよ。確かに何度も来ていますけれど、仕事でわざわざ来たくはないですよ」

反論する宮川に、「もう何回くらい来ているの？」と小林が訊《たず》ねる。

「そうですね。……だいたい五十回くらいです。そうそう。私、地下鉄サリン事件の日にも、ここにいたんですよ」

「……あの日に？」

「はい。小学校の友人たちと。お母さんから携帯に電話があって東京の地下鉄で何か大変なことが起きているとは聞いたけれど、でも家に帰るためには電車に乗らなければならないから、結局はずっと遊んでいました」

平成七（一九九五）年三月二十日。オウムは東京の営団地下鉄にサリンを散布した。そのころはフリーランスのテレビ・ディレクターだった僕は、その日は番組制作会社で、数日後のロケの準備をしていた。家からの路線は千代田線を使っていたはずだけど、そんな惨事が数時間前に起きたことなど知らずに電車に乗っていた。スタッフルームでたまたまつけたテレビのニュースで、何かとんでもないことが起きたようだと初めて知った。

日本中のほとんどの人たちが、それまでの日常を普通に送っていた。宮川は東京ディズニーランドで遊んでいた。でも一九九五年三月二十日以降、この国は内側から少しずつ変質し始めた。そしてこの事件の影響は、オウムのドキュメンタリーを撮ろうとしたことで結局はテレビで居場所を失い、自主制作映画『A』を発表した僕自身にも重なってくる。ひとつだけ確かなこと。たぶんあの事件がなければ、僕は今、ここにはいない。今もテレビでディレクターをやっていたかもしれないし、まったく別の仕事をしていたかもしれない。

宮川がチケット売場に並ぶ。後ろを振り返れば、重松はこの一行からは、二十メートルほど遅れて歩いてくる。どうやら距離を置きたいらしい。

そういえば重松と初めて会ったのは、そのオウムの映画『A』がDVD化された直後である二〇〇三年に、月刊誌が企画した対談の席だった。

ぼんやりとそんなことを考えていたら、近づいてくる重松と視線が合った。時間にすれば一秒くらい。次の瞬間、僕の視線を振り切るようにして、重松は横の柱に隠れようとした。もっと正確に描写すれば、隠れようとの動作をしたように見えた。

「……隠れた」

僕は横の土屋に思わず言った。

「何ですか?」

「重松さん、いま振り返って目が合ったら隠れようとした」

「今日は距離を置いて、こっそり森さんを観察するって仰ってましたからね。それを実践しているんでしょう」

「でもさ、本当に隠れるか。スパイ大作戦みたいだ」

「まあ、作家に子供っぽさは大切ですよ」

よくわからない会話をしている僕と土屋に、小林が「入りましょう」と声をかける。

「森さんはディズニーランド何度目ですか?」

ゲートを入ってすぐのワールドバザールを歩きながら、僕は宮川の質問に答える。

「三度目か四度目くらいかな。でも最後に来てから、十年くらいは過ぎているかも」

言いながら僕は足を止めた。数組の家族連れが前をふさいでいる。平日の昼間だというのに、大変な人の数だ。特に入口（ということは出口でもある）周辺のショップ内に足を踏み入れれば、ほとんどその場から動けないほど混雑している。不況の影響はないのかな、と小林に言えば、ここは一人勝ちでしょうね、との答えが返ってきた。

「ここに来たら、まずはこの帽子を買って被《かぶ》るんです」

映画「リロ&スティッチ」のキャラクターであるスティッチの顔を模した帽子を手にとりながら、土屋が重々しい声で言う。

「どうして?」

「現実世界から離脱して、この世界の住人になるためです」

股間《こかん》を蹴《け》りあげてやろうかと思うけれど、土屋の表情は真剣だ。

「大事なことですよ。だからチケットじゃなくてパスポートなんですから」

確かにディズニーランドは、日常の延長にある遊園地ではなく、日常から遊離した別世界を徹底して演出する。チケットはパスポートだし、来園客はゲスト、そして従業員はキャストと呼称される。園内はチリ一つないくらいにつねに清掃されているし、どんなアトラクションに乗っても外の景色が見えないように、実に巧妙に設計されている。

だから東京ディズニーランドには、「特殊電波を出してカラスを寄せ付けないようにしている」とか、「地下には巨大な秘密クラブがある」とか、「幽霊屋敷を模したアトラクション『ホーンテッドマンション』には本物の幽霊が混じっている」とか、まことしやかに語られる都市伝説や噂《うわさ》が、とても多い。

なぜなら異界だからだ。

世界で初めてのディズニーランドがカリフォルニアに建設されたのは、今から半世紀あまり前の一九五五年。

その誕生をめぐっては、創業者であるウオルト・ディズニーが幼い二人の娘を連れて遊園地を訪れたとき、観覧車や回転木馬などで大喜びしている娘たちを眺めながら一人で退屈している自分に気づき、子供だけでなく大人も楽しめるテーマパークを思いついたというエピソードが（嘘《うそ》か本当かわからないけれど）、最も有名だ。

その開園式の際のセレモニーでディズニーは、以下のように式辞を述べたという。

「この幸せな場所にようこそ。ディズニーランドはあなたの国です。ここは、大人が過去の楽しい日々を再び取り戻し、若者が未来の挑戦に思いを馳《は》せるところ。ディズニーランドはアメリカという国が生んだ理想と夢と、そして厳しい現実をその原点とし、同時にまたそれらのために捧《ささ》げられる。そして、さらにディズニーランドが世界中の人々にとって、勇気とインスピレーションの源となることを願いつつ」

能登路雅子『ディズニーランドという聖地』岩波新書

オープンの年である一九五五年は、アメリカ中で反共ヒステリーが猛威を振るったマッカーシズム（ディズニー自身もその標的になりかけた）が終焉《しゅうえん》した翌年だ。朝鮮戦争も終わっているし、キューバ危機まではまだ七年ある。もちろんベトナム戦争も始まっていない。戦後のアメリカにとっては、まさにつかのまの安息の日々であり、理想と夢の時代だった。

しかしそれから半世紀あまりが過ぎて、ディズニーランドが自らを捧げたはずのアメリカの理想と夢は、ベトナム戦争やイラク戦争を経過しながら、謀略や泥にまみれ、憎悪《ぞうお》や血に汚《けが》された。特にブッシュ政権時代、アメリカが標榜《ひょうぼう》する自己陶酔的な正義は、世界中からある意味で疎《うと》まれ、嫌がられ、辟易《へきえき》されていた。

でも理想と夢は、そもそもがそういうものなのかもしれない。決して現実にはなりえない。だからこそディズニーは、この空間を徹底して異世界にすることにこだわったのだろう。まるでつかのまの安息の時代の空気を、このエリアに封じ込めようとでもするかのように。

半世紀あまり前のアメリカに誕生したディズニーランドのコンセプトは、東京ディズニーランドにも継承されている。総面積は73・5haだけど、テーマパークエリアが占めるのは、このうちの51ha。残りの面積は（駐車場を含め）、周囲の日常との境界のエリアなのだ。つまり広大な結界。こうしてディズニーランドは、夢と理想を封じ込める。外部からの侵入は許さないし、洩《も》れだすことも許さない。なぜなら封じ込めないことには現実に負ける。結界が崩壊する。

東京ディズニーランドの開園は一九八三年。この時期のディズニー本社は、海外への進出に対してきわめて消極的で、直接経営を避けるために京成電鉄と三井不動産などに出資を求め、自らは施設の所有運営と、版権および運営の指導やクオリティー管理を行うことにした。だから世界に5つあるディズニーのテーマ・リゾートのうち、東京ディズニーランドは唯一《ゆいいつ》、ディズニーがまったく出資していない経営形態をとっている。

建設エリアとしては当初、浦安市舞浜以外に、清水市（現在は静岡市清水区）、御殿場市、川崎市、横浜市、そして今僕が暮らす千葉の我孫子《あびこ》市なども候補となったようだが、結局は舞浜に決まった。

そう思うと不思議だ。もしも我孫子市にディズニーランドが建設されていたら、現在の我孫子市はまったく違う街になっていただろう。少なくとも僕は、近くに結界が張られている地域になど住みたくない。時折訪れることはあったとしても、そこは暮らす場所ではない。怒鳴ったり、汗をかいたり、泣き喚《わめ》いたり、酔っ払って吠《ほ》えたりできる場所ではない。

「まずは何から観《み》ますか?」

小林が言う。

「並ぶのはいやだ」

僕は言う。

「新しいところでは、四月十五日にオープンしたばかりのライド&ゴーシークがお勧めです」

「何それ」

「モンスターズ・インクのアトラクションです」

「宮川さんはもう乗ったの?」

小林が訊く。

「はい」

「さすがだね」

土屋が笑う。

「並ぶよね」

僕は訊く。

「並びます」

「じゃあパス」

「じゃあ何にしましょう」

「決めていい。文句は言わないから」

結局は宮川の指示で、まずは「カリブの海賊」、次はもうすぐ終了するという「ミッキーマウス何とかショー」、次は（連載十五回目でも少しだけ言及した）「イッツ・ア・スモールワールド」の三つのアトラクションを回る。

特に感慨はなし。ずっと二十メートルほど後ろを尾行していた重松は、標的である森を見失うことを恐れたのか、アトラクション内部に入ろうとはしない。出口で必ず待っている。そして二時間ほどの同行で、「じゃあ次の予定があるから」とさっさと帰って行った。

「変な人だ」

その後姿を見送りながら僕は言う。

「いったい何しに来たんだろう」

「取材に来たんですよ」

小林が言う。そうか。そりゃそうだ。ならば僕も、ディズニーランドの取材なのだから一時間くらいの行列は我慢して、オープンしたばかりのライド&ゴーシークを体験するべきだ。

……とは思う。思うけれど身体が思うように動かない。行列はいやだ。たぶん世の中で三番目くらいにいやだ。

重松が帰ってから、擬似宇宙旅行が体感できる「スター・ツアーズ」に乗り、「ミクロアドベンチャー」で3D映画を観る。小林と土屋が、「ジェットコースター的な乗物は絶対にだめ」と言ったからだ。実は僕もだめ。好んで乗る人の気が知れない。

宮川だけが不満そうだ。

画面から突然大口を開けた蛇が飛び出してきたり、ハツカネズミが足もとを横切ったりといった仕掛けが施されている「ミクロアドベンチャー」では、隣に座っていた土屋は、その一つひとつに律儀に悲鳴をあげては身をくねらせる。黒ずくめで見るからにすれっからしのこの挙動は、微笑《ほほえ》ましさを通り越して、ほとんど薄気味悪い。

「もういいんじゃないかな」

会場の外に出てから、僕は言った。

「まだ五時ですよ」

宮川が言う。明らかに物足りなさそうだ。仕事でわざわざ来たくはないですよとの自分の言葉など、すっかり忘れているのだろう。

「もう充分」

言いながら僕は、足もとの植え込みの土を、指の先で触る。数匹のアリがいる。灌《かん》木《ぼく》の枝のあいだには、小さなコガネグモが巣を張っている。

「何ですか?」

土屋が言う。

「アリとクモだ。当たり前だよね。いくらディズニーでも彼らを排除はできない」

西日が傾きかけていた。でも人は少なくならない。むしろ増えている。

「エレクトリカル・パレードがリニューアルしたんです。それを目当てに来る人たちも多いです」

宮川が言う。確かにあの派手な電飾の行列を観ているあいだは、いろいろなことを忘れることができる。怒鳴ったり、汗をかいたり、泣き喚いたり、酔っ払って吠えたりする人はまずいない。誰もが目の前のパレードをじっと眺めている。その口もとには一様に仄《ほの》かな笑み。

人は今の自分の境遇やこれから始まる日常から解放されたとき、仄かに微笑を浮かべる存在なのかもしれない。

でも異世界を演出するためには、この施設には致命的な欠陥がある。人が多すぎるのだ。当然ながら市井《しせい》の人たちだ。だから演出を徹底できない。異界に徹しきれない。まあむしろ、そのくらいの程合いのほうが心地よいのかもしれない。結界を張り巡らしたかのような徹底した異世界では息が詰まる。誰も楽しめなくなる。

「帰ろう」

僕はもう一度言った。1デーパスポートの料金は一人当たり5800円。体験したアトラクションは五つ。入園して何も乗らないまま帰っただけの重松の分を計算に入れれば、かなり割高だ。まあでもしょうがない。大人としては充分に楽しめた。

舞浜駅の駅ビルにあった韓国料理屋で、ビールを三杯とマッコリを一杯飲んでから家路に着く。駅に向かってデッキを歩いていると、後ろで大きな音がした。花火だ。かなり近距離だ。毎夜この時間帯に花火を打ち上げることは知っていたが、終わりそうでなかなか終わらない。これで終わりかと思うと、次の花火が打ち上げられる。かなりの数だ。

立ち止まって最後まで眺める。二十分近くはあったような気がする。ふと周囲を見渡すと、多くの人がデッキの上でやはり立ち止まり、じっと花火を眺めている。その口もとにはやっぱり仄かな笑み。

世界の人々が幸せになりますように。

ふとそんなフレーズが、口の端からこぼれ落ちそうになった。危ない危ない。ヤキが回ったかもしれない。封じ込めるのはまだ早い。もう少しもがく。まだしばらくは、怒鳴ったり、汗をかいたり、泣き喚いたり、酔っ払って吠えたりできるはずだ。

券売機で我孫子までのチケットを買う。何となく足もとがおぼつかない。三杯のビールとマッコリに加えて、理想と夢の酔いが回っているのかもしれない。混雑したホームに立つ。電車が近づいてくる。あれに乗った瞬間に日常に戻る。

扉が開いた。何人かの人たちに背中を押されながら、僕は電車に乗り込んだ。すぐではないけれど、またいつか来てみようと思いながら。

解説

重松　清

途方に暮れていた。

首を小さくかしげ、ショルダーバッグを肩に掛け直して、うそだろ、とつぶやいたようにも見えた。

書き下ろしで収められた最終章――東京ディズニーランドの取材のために、最寄りのJR舞浜駅に降り立ったときの、森達也さんの様子である。

本文で森さんがお書きになっているとおり、僕は「取材中の森達也を取材する」という名目で、改札から少し離れた場所で身をひそめていた。森さんには気づかれていない。よし。狙《ねら》いどおりである。ゴルゴなら撃つ。キャパなら撮る。だが、アサルトライフルM16もコンタックスⅡも持っていない僕は、改札の手前で立ち止まった森さんからそっと目をそらし、小さなガッツポーズをつくったのだった。

来てよかった。見てよかった。

森さんが途方に暮れてしまった理由は本文に書いてある。待ち合わせた編集者たちが駅舎の外に見あたらないから困惑したのだという。なるほど。改札を抜けるに抜けられず、周囲をきょろきょろと見回す森さんの様子は、たったいま、拙文冒頭でスケッチしたとおりである。

だが、それはほんの少しだけ、正確ではない。報告者として、そこのところはきちんと言っておく必要があるだろう。

森さんは改札の前まで来て初めて困惑し、途方に暮れたわけではない。最初から——高架になったホームから階段かエスカレーターを使って改札のあるホールに降りてきた、その時点で、すでに森さんの表情は居心地悪そうだった。歩く足取りはなんともいえず頼りなげだった。なにより、東京ディズニーランドに遊びに来たひとが大半のはずの舞浜駅の構内で、森さんは明らかに場違いなひとだった。僕のガッツポーズは、それを確かめられた喜びからのものだったのだ。

と、ここまでの拙文をお読みになった森さんは、きっと「え？　なに？」と意外そうに言うだろう。「なんで？　なんで？　俺のどこがヘンなの？」と、きょとんとした顔で聞き返してくるかもしれない。

わかります、森さん。確かに舞浜駅の構内を歩く森さんは、表情も足取りも飄々《ひょうひょう》としていた。のんきな雰囲気でもあった。おそらくご本人には、居心地悪さやおぼつかなさの自覚はないだろう。

それでも、森さん、ごめんなさい。僕の目には、森さんのまわりだけ別の時間が流れ、別の風が吹いて、それは決して周囲と交じり合うことはないように見えた。ほんとうは森さん自身、自分が場の空気に溶け込んでいないのを常に無意識下に感じていて、だからこそ生きる術として、飄々としたのんきさを会得したのではないか、とさえ思った。いい歳《とし》をして隠れんぼまがいに身をひそめてまで見ておきたかったのは、そんな森さんのたたずまいだったのだ。

その日、森さんは迷彩柄のカーゴパンツに厚手のワークシャツという姿だった。東京ディズニーランドよりも、自衛隊の習志野駐屯地に体験入隊するほうが似合いそうないでたちである。しかし、僕が場違いだと言っているのは、決してファッションによるものではない。たとえミッキーマウスのカチューシャをつけて歩いていたとしても、やっぱり、というか、さらにいっそう致命的なまでに、森さんの姿は浮いてしまうに違いない。どんないでたちをしていようとも、森さんが森さんでいるかぎり、いわば森達也が森達也であることそのものが、場に馴染《なじ》めないのである。

それがうれしかった。この日で確かめたかったものは、ちゃんとあった。だいじょうぶ。読み手として感じていたものは、まんざら的外れではなかったようだ。

率直に言えば、同行取材はここまででよかった。目的は果たした。あとは解説の原稿を書くだけでいい。森さんをはじめ、本文中でもおなじみの土屋編集者、小林編集者、宮川編集者も、どうもその、なんというか、僕が取材にくっついて歩くのをうっとうしがっているように見えなくもない。

しかし、こっちだって忙しいなか、舞浜くんだりまで来たのである。交通費は自腹なのである。生まれて初めてのディズニーランドなのだから、やはり足ぐらいは踏み入れたいではないか……というわけで、邪魔になるのを承知で、もう少し森さんのあとをついて歩くことにした。

入園ゲートの手前で、所持品チェックがあった。森さんがバッグから出したのは、雑誌が二冊——『週刊モーニング』と『実話ナックル』。『モーニング』はともかく、その日『実話ナックル』を持って入園したひとは、おそらく森さんだけだろう。

場違いというのは、つまり、そういう意味なのである。

舞浜駅の構内を歩く森さんの姿を「異物」として語ることも、最初は考えていた。「違和感」という言葉も浮かんでいた。それでも、あえて「場違い」という少々くだけた表現を選んだのには、理由がある。

番外地／ばんがいち――。

場違い／ばちがい――。

できそこないのアナグラムのような、この二つの言葉を並べてみたかった。

一読明らかなとおり、本書は、〈所番地という人為的な規定から解放されたエリア〉と定義づけられた番外地、要するに都市の異界めぐりである。小菅の東京拘置所に始まり、新宿・歌舞伎《かぶき》町、東京ジャーミイ、東京都立松沢病院、東京地裁、山谷、そして皇居……。単行本では全十五ヶ所におよぶ番外地が目次に並んでいる。壮観である。

だが、その目次だけを見ていると、既視感がないわけではない。異界めぐりは、硬軟取り混ぜて、都市ジャーナリズムの王道でもある。正直に打ち明けておくと、雑誌『波』での連載第一回が東京拘置所だと知ったときには、新連載に寄せる期待でずっと胸を高鳴らせていたぶん、ちょっとだけ拍子抜けしてしまった。拘置所は番外地としては定番、すっかり確立された番外地、「番外地という所番地」がすでに成り立っている場所ではないか。いくら森さんでも、そこをいまさら訪ねて、なにか新しいものを見つけられるのだろうか？

ところが、書き出しから四段落目――〈五分遅刻だ〉の一文に、おっ、と思った。同じ段落には〈いつもなら常磐線の綾瀬《あやせ》駅を利用する。だから小菅駅から拘置所までの道筋はわからない〉ともある。おっ、おっ、と身を乗り出した。

当日の天気は悪かった。面会する相手も、拘置所に着いてから、誰にするか考えている。面会は中途で打ち切られてしまう。帰りのエレベーターでは〈時間にすれば数秒〉のタイミングのアヤで〈見るからにその筋の人たち〉と乗り合わせるはめになり、あげくの果ては〈駅前の居酒屋でビールをひっかけようかと言いかけて、土屋がこのあいだから断酒していると言っていたことを思いだした〉……。

ことごとく、ずれている。東京のエアポケットのような番外地の中にあって、森さん自身も、ずれて、揺れて、手持ちのカメラがぶれつづけるように、取材者としての所番地を定められなくなっている。

胸がドキドキしはじめた。既視感があったはずの拘置所のルポが、急にざらついた摩擦力を持ってきた。

安定したカメラアイを保ちながら番外地をルポするのではなく、かといって番外地の揺れにシンクロするのでもない。なるほど、これか。膝《ひざ》を打った。そうか、そういうことだったのか、と大きくうなずいた。

第二弾以降も変わらない。舞浜駅でも変わらない。東京ディズニーランドの園内に入ってからも、むろん、変わらない。いつも森さんは、ずれている。揺れている。微妙な居心地の悪さを感じている。そのよるべなさを、僕はさっきから場違いと呼んでいるわけだ。

そして忘れてならないのは、旅の相棒・土屋編集者の存在である。黒ずくめのスーツとシャツ。どこの番外地に出かけたとしても、これほどの場違いな服装はあるまい。いや、唯一、山谷の取材のときには作業服に着替えるのだが、森さんは、土屋編集者がそのいでたちで会社の会議に出たことを見逃さず、きちんと〈確かにこの地に溶け込んではいるけれど、企画会議にもこのドカチン姿で出席していたのかと思うとあきれる〉という場違いネタのオチをつける。このヤサグレた編集者の役割は、ルポのコメディリリーフという以上に深いものがありそうなのだ。

……で、その土屋編集者は、東京ディズニーランドも、やはり黒ずくめで歩いている。ワークシャツに迷彩柄のカーゴパンツの森さんと、黒ずくめのスーツ（しかもジャケットの下は黒のダボシャツ）の土屋編集者、さらには小林編集者と宮川編集者はリゾート気分たっぷりのカジュアルな服装で、小林編集者はサングラス、宮川編集者はキャップまでかぶっているのだから、もう、めちゃくちゃな四人連れなのである。〈重松はこの一行からは、二十メートルほど遅れて歩いてくる。どうやら距離を置きたいらしい〉と森さんは書いている。あたりまえである。これが仕事でなかったら、あと十メートルは離れておきたかった。

しかし、本文中でも擬似家族と呼ばれるこの四人組の後ろ姿、なかなか悪くない。僕が編集者なら、この四人を全国のあちこちに立たせて記念撮影した写真集を企画するかもしれない。ちょっとだけマジに思う。

いや、実際、森さんが「番外地をどう取材するか」はもちろん大切でも、本書のなによりの読ませどころは、むしろ森さんが「番外地でどう場違いになるか」ではないだろうか。

決して揶揄《やゆ》ではない。むしろ逆、本書への信頼を担保する最大のものは、つまりはこの場違いなところではないか、と思うのだ。

番外地を描くときには、陥ってはならない二つの穴がある。まず一つは、「所番地のついた土地」に軸足を置いて番外地を文字どおり「外」のものとして見てしまうこと——こちらは、まあ、わかりやすいイヤな書き方だ。だが、もう一つ、番外地をことさらに美化して、「所番地のついた土地」への安易なカウンターにしてしまうことも、ほんとうは（いや、こっちのほうが一見まっとうなぶん、よけいに）ヤバいのではないか、と思う。

確かに番外地はおのずと「所番地のついた土地」への批評として機能するのだが、番外地への批評を怠ってしまうと、今度はそっちが特権的なものになってしまう。美談や人道の大義名分が、しばしば大切なものを押し隠してしまうのと同じだ。

しかし、森さんは、おそらく手法としてではなく、無意識のうちに、サガとして、どこにいても場違いになってしまう。たとえ番外地に立っていても、足元がずれ、上体が揺らぎ、結局そこがまた一つの番外地になる。だからスリリングになる。常に「番外地」としてルポを書いているのだ。だからスリリングになる。森さんが番外地を批評のまなざしで見つめれば、逆に番外地のほうは森さんを場違いなよそ者として凝視し、睥睨《へいげい》する。まなざしがぶつかる。一方的に見るだけ、という身勝手な関係は結べないし、森さん自身それを望んでもいない。ドキュメンタリーの作り手として、カメラのファインダーを覗《のぞ》きながら、その姿を別のカメラの前にさらすのと同じだ。

だからこそ、思う。

番外地を経巡った森さんの旅は、取材なのか、それとも思索なのか。森さんは番外地を描いたのか、番外地の地図と不思議と似てしまう自画像を描いたのか……。

いまは、どうなんだろうな、東京ディズニーランドの風景は、いま、どんなふうに森さん自身の心象風景に重なり合っているんだろうな。

僕は足を止め、森さんたちの背中を見送った。もう追跡取材は終わりだ。オレにもオレの仕事がある。とっとと帰らせてもらう。ちらっと胸に兆《きざ》した問いの答えは、たぶん、森さんの今後の仕事に持ち越されていくものだろう。そして、その今後の仕事の中に、本書の続編が含まれていたらいいな、とも思う。

多磨霊園を歩いた単行本版の最終章の終わりには〈行きたいところは他にもまだまだある〉〈だから旅はまだ続く〉とはっきり書いてあるのだし、森さんの歩くところはどこでも番外地になり、どこにいても場違いになってしまうのだから、旅する場所はもう無限にあるはずなのだ。

よい旅を——。

森さんの背中にエールをおくった。

森さんを中心に、土屋編集者、小林編集者、宮川編集者、四人のつくる半径二メートルほどの移動性番外地は、アヤしげで場違いな空気をぷんぷんまき散らしながら、人混みの中に消えていったのだった。

（平成二十一年六月、作家）

この作品は二〇〇六年十一月に新潮社より刊行されたものを訂正・加筆しました。また最終章の「番外編」は文庫書き下ろしです。

森 達也著

下山事件《シモヤマ・ケース》

気鋭の映像作家が、1949年国鉄総裁轢死の怪事件の真相を追う。解かれぬ謎に迫り現在の日米関係にもつながるその真実を探る！

「週刊新潮」編集部編

黒い報告書

いつの世も男女を惑わすのは色と欲。城山三郎、水上勉、重松清、岩井志麻子ら著名作家が描いてきた「週刊新潮」の名物連載傑作選。

「週刊新潮」編集部編

「週刊新潮」が報じたスキャンダル戦後史

人は所詮、金と女と権力欲——。昭和31年、美談と常識の裏側を追及する週刊誌が誕生した。その半世紀にわたる闘いをここに凝縮。

開 高 健著

パニック・裸の王様

芥川賞受賞

大発生したネズミの大群に翻弄される人間社会の恐慌「パニック」、現代社会で圧殺されかかっている生命の救出を描く「裸の王様」等。

開 高 健著

日本三文オペラ

大阪旧陸軍工廠跡に放置された莫大な鉄材に目をつけた泥棒集団「アパッチ族」の勇猛果敢な大攻撃！ 雄大なスケールで描く快作。

開 高 健著

フィッシュ・オン

アラスカでのキング・サーモンとの壮烈な闘いをふりだしに、世界各地の海と川と湖に糸を垂れる世界釣り歩き。カラー写真多数収録。

ビートたけし著
少年
ノスタルジーなんかじゃない。少年はオレにとっての現在だ。天才たけしが自らの行動原理を浮き彫りにする「元気の出る」小説3編。

ビートたけし著
浅草キッド
ダンディな深見師匠、気のいい踊り子たちに揉まれながら、自分を発見していくたけし。浅草フランス座時代を綴る青春自伝エッセイ。

ビートたけし著
たけしくん、ハイ！
ガキの頃の感性を大切にしていきたい——。気弱で酒好きのおやじ。教育熱心なおふくろ。遊びの天才だった少年時代を絵と文で綴る。

ビートたけし著
菊次郎とさき
「おいらは日本一のマザコンだと思う」——。「ビートたけし」と「北野武」の原点がここにある。父母への思慕を綴った珠玉の物語。

ビートたけし著
頂上対談
そんなことまで喋っていいの——!? 各界で活躍する〝超大物〟たちが、ついつい漏らした思わぬ「本音」。一読仰天、夢の対談集。

ビートたけし著
悪口の技術
アメリカ、中国、北朝鮮。銀行、役人、上司に女房……。全部向こうが言いたい放題。沈黙は金、じゃない。正しい「罵詈雑言」教えます。

重松清著

ナイフ

坪田譲治文学賞受賞

ある日突然、クラスメイト全員が敵になる。私たちは、そんな世界に生を受けた——。五つの家族は、いじめとのたたかいを開始する。

重松清著

日曜日の夕刊

日常のささやかな出来事を通して蘇る、忘れかけていた大切な感情。家族、恋人、友人——、ある町の12の風景を描いた、珠玉の短編集。

重松清著

ビタミンF

直木賞受賞

もう一度、がんばってみるか——。人生の〝中途半端〟な時期に差し掛かった人たちへ贈るエール。心に効くビタミンです。

重松清著

エイジ

山本周五郎賞受賞

14歳、中学生——ぼくは「少年A」とどこまで「同じ」で「違う」んだろう。揺れる思いを抱き成長する少年エイジのリアルな日常。

重松清著

きよしこ

伝わるよ、きっと——。少年はしゃべることが苦手で、悔しかった。大切なことを言えなかったすべての人に捧げる珠玉の少年小説。

重松清著

小さき者へ

お父さんにも14歳だった頃はある——心を閉ざした息子に語りかける表題作他、傷つきながら家族のためにもがく父親を描く全六篇。

髙橋秀実著

トラウマの国
ニッポン

教育、性、自分探し——私たちの周りにある〈問題〉の現場を訪ね、平成ニッポンの奇妙な精神性を暴く、ヒデミネ流抱腹絶倒ルポ。

二神能基著

希望のニート

労働環境が悪化の一途をたどる日本で若者はどう生きていけばよいのか。ニート、引きこもりの悪循環を断つための、現場発の処方箋。

読売新聞
政治部著

検証
国家戦略なき日本

もはや危機的というレベルさえ超えた。安全保障、資源確保、科学政策など、多面的な取材で浮かび上がったこの国の現状を直視する。

山本譲司著

獄窓記

新潮ドキュメント賞受賞

秘書給与詐取事件で実刑判決を受けた元代議士。彼を待っていたのは刑務所内の驚くべき実態であった……。衝撃の真実を伝える手記。

佐藤　優著

国家の罠
—外務省のラスプーチンと呼ばれて—

毎日出版文化賞特別賞受賞

対ロ外交の最前線を支えた男は、なぜ逮捕されなければならなかったのか？　鈴木宗男事件を巡る「国策捜査」の真相を明かす衝撃作。

佐野眞一著

東電OL殺人事件

エリートOLは、なぜ娼婦として殺されたのか——。衝撃の事件発生から劇的な無罪判決まで全真相を描破した凄絶なルポルタージュ。

共同通信社編

東京 あの時ここで
―昭和戦後史の現場―

ご成婚パレード、三島事件、長嶋引退……。「時」と「場」の記憶が鮮烈な事件がある。貴重な証言と写真、詳細図解による東京の現代史。

北尾トロ著

怪しいお仕事！

違法ポーカー、裏口入学、野球賭博、寺院売買まで――。すべての欲望をメシのタネにする仕事師たち。彼らの仕掛けるカラクリとは。

河合香織著

セックスボランティア

障害者にも性欲はある。介助の現場で取材を重ねる著者は、彼らの愛と性の多難な実態を目撃する。タブーに挑むルポルタージュ。

岡田斗司夫著

オタク学入門

80年代に発生し、世界中に浸透した「オタク」文化。本書は、第一人者がその本質と生態を明らかにした不朽の教典である。

「NHKあの人に会いたい」刊行委員会編

あの人に会いたい

昭和を支えた巨人たちの言葉は時を越えて万人の胸に響き、私たちに明日を生きる力を与えてくれる。NHKの人気番組が文庫で登場。

岩波明著

狂気という隣人
―精神科医の現場報告―

人口の約1％が統合失調症という事実。しかし、我々の眼にその実態が見えないのはなぜか。精神科医が描く壮絶な精神医療の現在。

東《とう》京《きょう》番《ばん》外《がい》地《ち》

新潮文庫　も - 30 - 2

平成二十一年八月一日発行

著者　森《もり》達《たつ》也《や》

発行者　佐藤隆信

発行所　株式会社 新潮社

郵便番号　一六二―八七一一
東京都新宿区矢来町七一
電話 編集部(〇三)三二六六―五四四〇
読者係(〇三)三二六六―五一一一
http://www.shinchosha.co.jp

価格はカバーに表示してあります。

乱丁・落丁本は、ご面倒ですが小社読者係宛ご送付ください。送料小社負担にてお取替えいたします。

印刷・三晃印刷株式会社　製本・株式会社大進堂

ISBN978-4-10-130072-6 C0195